北京市朝阳区文学馆路 45 号

中国现代文学馆

中国现代文学馆是中国作协主管的公益一类事业单位，是国内最早、世界上最大的文学类博物馆，是中国作协和文学界的宝库和窗口。

中国现代文学馆创建于 1985 年。2024 年被评为国家一级博物馆。

前 言

唐弢先生是我国著名的作家、文学理论家、鲁迅研究专家、文学史家和收藏家,中国现代文学学科建设的奠基人和开拓者之一。1913年3月3日,唐弢先生出生于浙江省镇海县(今宁波市江北区甬江街道畈里塘村),1992年1月4日在北京病逝。先生逝世后,他的家人将其全部藏书捐赠给中国现代文学馆,为文学馆馆藏建设作出卓越贡献。巴金先生曾说,有了唐弢先生的藏书,就有了中国现代文学馆的一半。为弘扬先生的学术精神,中国现代文学馆决定设立唐弢青年文学研究奖,以鼓励青年学者的现当代文学研究。

2003年3月28日,首届唐弢青年文学研究奖颁奖仪式在北京举行,当时引起了学术界的广泛关注,首届获奖的17位学者,如今已是中国现当代文学研究界的中流砥柱。由于种种原因,唐弢青年文学研究奖未能连续举办下去。为了响应学术界的呼声,展示中国现当代文学研究的最新成果,促进青年学者的成长，中国现代文学馆重新启动唐弢青年文学研究奖，修订评奖章程，自2012年起，每年评选一届，每届获奖者不超过5位。评奖对象为国内（含香港、澳门、台湾地区）及海外45周岁以下的青年学者在中国大陆正式出版发行的学术刊物上发表的中国现当代文学研究论文。多年以来，中国现当代文学学科的几代学人对唐弢青年文学研究奖倾注了许多心力与热情，使它逐渐成为一代又一代满怀理想、才华横溢的青年学人们，踏上更为宽阔的学术道路的重要路标。

第十一届（2021年度）唐弢青年文学研究奖提名推荐工作于2021年12月中旬启动。在规定期限内，共收到23位提名委员会成员推荐的论文73篇。根据《中国现代文学馆唐弢青年文学研究奖评奖章程》规定，评奖办公室进行了认真审核与筛选，确定20篇论文进入终评，2022年12月1日至12月10日，20篇提名论文同时在中国作家网网站和公众号、中国现代文学馆网站和公众号予以公示。2022年12月11日，第十一届唐弢青年文学研究奖终评委会议在线上举行，经过全体评奖委员多轮投票，提名论文中的5篇获得了三分之二以上选票，5位论文作者获得第十一届唐弢青年文学研究奖。

唐弢青年文学研究奖、客座研究员制度、《中国现代文学研究丛刊》，多年以来，我们的这些工作机制，已经成为培养现当代文学青年学人和评论家的重要平台。为了展示青年学人的风采，向学界推介现当代文学研究的前沿力量，我们决定推出"文学馆·学术青年"系列丛书，本书即为其一，以飨学界。

2023年是唐弢先生诞辰110周年，中国现代文学馆为奖项特制的奖杯揭幕。我们以中国现代文学馆馆藏的唐弢书椅为原型，进行3D复原后等比缩小制成了唐弢青年文学研究奖的奖杯。唐弢书椅既是唐先生书房中的一把读书椅，又可翻转变形为梯子登高取书，以唐弢书椅作为奖杯，期望广大青年学者能够以书为伴，以学问为志向，以老一辈学者为榜样，在学术研究上不断向上精进，向远方前行。

自本届开始，唐弢青年文学研究奖由中国现代文学馆与上海文艺出版社共同举办,并在上海举办颁奖仪式及唐弢青年文学研究奖学术论坛,在此,我们也对合办方表示诚挚的谢意。

中国现代文学馆

2023 年 3 月

唐弢青年文学研究奖奖杯实物图，
由中国现代文学馆馆藏唐弢先生书房阶梯椅设计而来

第十一届唐弢青年文学研究奖获奖论文

熊鹰

个人简介

熊鹰,女,悉尼大学日本研究博士,曾任职于柏林自由大学历史系、中国社会科学院文学研究所,现任清华大学中文系比较文学与世界文学长聘副教授。研究领域为全球史与世界文学、东亚现代文学与文化。代表作有 Representing Empire: Japanese Colonial Literature in Taiwan and Manchuria,《连续与转折:中国民族独立运动中的"反殖民主义"问题》《鲁迅德文藏书中的世界文学》《中日历史中的共通主体:中野重治"非他者"的鲁迅论》等。

授奖词

　　熊鹰的《〈凯绥·珂勒惠支版画选集〉：突进的艺术与革命意识的重构》熟练运用中文、日文、德文和英文材料，以德国艺术家凯绥·珂勒惠支的版画在1930年代初对中国革命及左翼文学运动的影响为线索，在广阔的历史背景下，展开了德国－中国－日本等多重语境的比较分析，不仅为鲁迅在1930年代对左翼文学运动的组织和领导权的思考提供了独特诠释，也为中国现代文学的全球史研究提供了一个坚实的案例。

■ 《凯绥·珂勒惠支版画选集》：
突进的艺术与革命意识的重构

凯绥·珂勒惠支（Kaethe Kollwitz, 1867—1945）是德国著名的版画艺术家，创作了《织工》组画、《农民战争》组画、《死神与妇女》、《李卜克内西》、《战争》组画等重要作品，在德国和世界各地享有盛誉。珂勒惠支对中国现代版画艺术也产生了重要的影响。李允经曾指出，中国现代版画艺术的性格是战斗，而其精神和艺术的来源便是珂勒惠支。[①]据王观泉介绍，几乎所有的进步木刻青年，无论在思想还是创作技法上都受到过她的影响。[②]珂勒惠支是中国现代版画艺术研究上重要的课题。

珂勒惠支也深受鲁迅的喜爱。中国第一幅公开刊登的珂勒惠支作品便是鲁迅为了纪念柔石等被害的左联作家，刊登在1931年9月左联机关刊物《北斗》

---

① 李允经：《珂勒惠支和中国现代版画运动》，《鲁迅研究月刊》1991年第9期。
② 王观泉：《鲁迅与美术》，上海人民出版社1979年版，第149页。

创刊号上的《牺牲》。1936年夏天，鲁迅不顾自己的肺病和夏日的酷暑，参阅了多种书目，从多年的收藏中甄选作品，编选了《凯绥·珂勒惠支版画选集》（以下简称《版画选集》）。鲁迅此前亲自为《版画选集》作序，103册《版画选集》印成后鲁迅又亲自为每册《版画选集》手书编号并加盖印章，病前至病后，一切亲自经营。[①]《版画选集》出版以后，除了寄送中外友人及在国内外发售外，鲁迅还曾辗转托寄珂勒惠支本人。[②]珂勒惠支也是鲁迅研究的重要课题。

然而，值得注意的是，鲁迅通过日本的文艺评论得知珂勒惠支大约是在1928年，而在美国记者艾格尼丝·史沫特莱的帮助下正式购买珂勒惠支的画作是在1931年，在她的帮助下编选、出版《版画选集》是在1936年。这一时期恰是中国发生革命文学论争的时期，是世界无产阶级革命重心发生巨大转变、中国共产主义运动主体逐渐确立的时期，也是左联从成

[①] 鲁迅为赠予许寿裳《版画选集》时所述。参见许寿裳：《鲁迅传》，新世界出版社2017年版，第42页。
[②] 李允经：《珂勒惠支和中国现代版画运动》，《鲁迅研究月刊》1991年第9期。

立到解散、两个口号论争的时期。因此，珂勒惠支进入中国的背后便隐藏着另一个重要的问题，即珂勒惠支的艺术和中国革命及左翼文学运动的关系。鉴于此，本文将珂勒惠支从艺术史的视野转而置于中国革命的视野，在德国、日本和中国的全球共产主义运动的时空中考察其作为一种政治和艺术表达与中国左翼文学运动的复杂关系。

有关无产阶级革命、左翼文学运动与现代主义美术的关系，李欧梵曾表示，从艺术的形式上看，珂勒惠支并不属于清醒的写实派而属于"一战"后兴起的"表现主义"。[1] 李欧梵虽然也指出了珂勒惠支的艺术是现代主义左翼，但也暗示了鲁迅现代主义的艺术观与提倡现实主义艺术观的中国无产阶级革命在意识形态与表现形式上发生内在冲突的可能。而最近也有研究认为，珂勒惠支作品的意涵在很大程度上是"悲哀、抗争、死亡和母性的几个要素"，但是它们在流布的过程中发生了变异，"被左翼的宏大叙事过滤成

---

[1] 李欧梵：《铁屋中的呐喊》，浙江大学出版社2016年版，第238页。

一种纯粹象征反抗"。[①]以上两种意见都将珂勒惠支的现代艺术置于左翼革命的对立面,认为"悲哀、抗争、死亡和母性"在现代主义反现代性、非理性的层面上与强调革命意识的左翼文学运动有不合之处。然而,与其像上述研究一般将珂勒惠支的现代主义艺术和左翼文学运动对立起来,一个更为有效的提问方式或许是,这些对立面是否可能以及如何互相转化和吸收。或者说,我们是否可以通过珂勒惠支作品在中国的引进来讨论左翼文学运动的丰富性、包容性和它的生成机制?本文将指出,正是由于珂勒惠支的艺术具有超越教条意识的形式,它才能在广阔的世界革命空间中传播并借此进入中国。然而,《版画选集》在中国的出版早已改变了其在日本和德国语境中的意涵,不仅预示着中国革命自身路线的确立及其在世界无产阶级革命中地位的转变;它的出版也预示着左联组织工作的变化,充分体现了鲁迅在1930年代对无产阶级文学运动的组织和领导权的思考。正是无法单纯从

[①] 高秀川:《珂勒惠支的中国行旅与左翼文学》,《山西师大学报(社会科学版)》2016年第2期。

意识出发的经验、感情、冲动和无产阶级革命的血使得珂勒惠支的艺术"突进"到了中国左翼文学运动的中心。

革命文学论争中的超"目的意识"艺术

"在女性艺术家之中，震动了艺术界的，现代几乎无出于凯绥·珂勒惠支之上——或者赞美，或者攻击，或者又对攻击给她以辩护"，鲁迅在《〈凯绥·珂勒惠支版画选集〉序目》（以下简称《序目》）中的这番话充分提示了珂勒惠支的作品在引入中国的1920年代时所具有的争议性。[①] 正如这一部分将要指出的那样，珂勒惠支被介绍到中国时携带着1920年代德国和日本无产阶级文艺论争的重要议题。

与鲁迅共同编辑《版画选集》的著名美国记者艾格尼丝·史沫特莱曾在1925年的《珂勒惠支及六幅

---

① 鲁迅：《〈凯绥·珂勒惠支版画选集〉序目》，《凯绥·珂勒惠支版画选集》，人民美术出版社1956年版，第8页。

版画》一文中敏锐地捕捉到了困扰着珂勒惠支研究者的一个难题。那就是珂勒惠支以"一战"为分界,前后期艺术风格的不一致。史沫特莱指出,以"一战"为界,前期年轻、精力旺盛的珂勒惠支的创作"都与暴动、起义和革命相关","一战"后,"画作中大众日常的痛苦代替了进攻,一位坚韧、受苦的妇女忍受苦难、贫穷、病痛、死亡这些不能忍受的命运之苦"。[1]史沫特莱的观察也是当时德国共产党和社会民主党的共识。1920年德国共产党的机关报《红旗报》曾批评珂勒惠支,说她的作品可分为两个时期——革命的(特别指《织工》与《农民战争》两组组画)早期和只表现了工人阶级处在受压迫、绝望的境地的后期。[2]他们批评珂勒惠支的画中永远都是这么一些痛苦的脸庞,绝望的妇女、饥饿的孩子,珂勒惠支没有预见无产阶级最终将获得解放。痛苦与绝望总是以日常生活的无数细小片段出现,珂勒惠支的画作缺少整

---

[1] Agnes Smedly, "Kaethe Kollwit (and six illustrations)", Shama'a, 1925.10–1926.1, Vol.VI, No.1&2, p.47.

[2] "Arbeiter-Kunst-Ausstellung", Die Rote Fahne, Oct.12, 1920.

体观念，艺术价值因而受到了损害。[1]

画家自身也毫不避讳这样的艺术风格转变。1921年6月28日，珂勒惠支再次在大剧院观看了德国剧作家格哈特·霍普特曼的戏剧《织工》。当日，她在日记中写道："在看戏的过程中，我也和织工们一起经历了一场革命，从而认识到自己并不是一个革命者。童年时代愿在巷战中英勇牺牲的梦想是很难实现的，因为自从我明白巷战实际上是怎么一回事以后，就意识到自己是不大可能去参加巷战的。"[2] 艺术家作了自我批评："我是在怎样一种幻想中度过了那些岁月，还以为自己是一个革命者，而实际上只不过是一个进化论者。"[3] 她说："假如革命真像我们所向往的那样"，那么她"可能会采取革命行动的。然而，实际上所出现的革命是极为庸俗、渗有糟粕的，并不如想象的那般美好"。[4] 这些话和到达上海不久后介

---

[1] "Arbeiter-Kunst-Ausstellung", Die Rote Fahne, Oct.12, 1920.
[2] 孙介铭译：《凯绥·珂勒惠支书简与日记》，上海人民美术出版社1984年版，第129页。
[3] 同上。
[4] 同上，第130页。

入革命文学论争时的鲁迅的想法极为相似。

鲁迅对于珂勒惠支1920年代在德国受到的争议是非常清楚的。他在《序目》中说，日本的无产阶级美术家及批评家永田一修认为，凯绥·珂勒惠支的作品"并非只觉得题材有趣，来画下层世界的；她因为被周围的悲惨生活所动，所以非画不可，这是对于榨取人类者的无穷的'愤怒'"，因为"她不将样式来范围现象"，因而"无论她怎样阴郁，怎样悲哀，却决不是非革命。她没有忘却变革现社会的可能。而且愈入老境，就愈脱离了悲剧的，或者英雄的，阴暗的形式"。[1] 鲁迅提到的永田一修是日本无产阶级画家和美术评论家。1930年，永田一修参考了德国共产党的官方报纸《红旗报》的报道、德国艺术评论家威尔海姆·霍善斯坦因（Wilhelm Hausenstein, 1882-1957）的论文以及最早在日本介绍珂勒惠支的无产阶级戏剧演员千田是也1928年发表在《中央美术》上的文章，在这些评论的基础上写作了《世界现代无

---

[1] 鲁迅：《〈凯绥·珂勒惠支版画选集〉序目》，《凯绥·珂勒惠支版画选集》，人民美术出版社1956年版，第8页。

产阶级美术的趋势》一文。①

首先，鲁迅《序目》中所引用的《世界现代无产阶级美术的趋势》一节："霍善斯坦因批评她中期的作品，以为虽然间有鼓动的男性的版画，暴力的恐吓，但在根本上，是和颇深的生活相联系，形式也出于颇激的纠葛的，所以那形式，是紧握着世事的形相"，正是永田一修对日本无产阶级文学运动的翻译家川口浩所翻译的霍善斯坦因的《现代艺术中的社会要素》一文的引用。②霍善斯坦因是受马克思主义影响的早期艺术批评家之一，他主要的贡献便是用艺术社会学的方法考察艺术的形式，曾对苏联的画家、后来的文艺理论家和革命领导人布哈林产生过重要的影

---

① 载《新兴艺术》1930年7、8月第4、5号合刊，后收入单行本《无产阶级绘画论》（プロレタリア絵画論，天人社1930）。黄乔生已经注意到了鲁迅撰写《序目》时存在的"作""译"混杂现象。黄乔生：《"略参己见"：鲁迅文章中的"作"、"译"混杂现象——以〈凯绥·珂勒惠支版画选集〉序目为中心》，《鲁迅研究月刊》2012年第4期。
② 鲁迅：《凯绥·珂勒惠支版画选集序目》，《凯绥·珂勒惠支版画选集》，人民美术出版社1956年版，第8页。《现代艺术中的社会要素》收录于川口浩所译的《造型艺术社会学》一书。《造型艺术社会学》是日本出版的马克思主义艺术理论丛书的第六本，1929年由从文阁出版。

响。[1]虽然冠以"艺术社会学"之名，不过霍善斯坦因的理论并非只强调经济基础对艺术作品的绝对决定作用，他也强调艺术家面对新时代的态度。他认为，正是无数的人们的根本的斗争给予诗人和画家以新的感动，这是一种想要和时代本质相结合、向着一种历史的、不安定的观念不断靠近，发生在未接近处的感动。[2]霍善斯坦因强调的是作家在保持自身特性的同时，不断地开放地融入新社会，为根本的社会运动所感动，艺术家并非公示化地偏狭地被观念决定，而是不断地更新自身的立场，这正是艺术家的特性。在他看来："自然发生的东西，也即本能的、本源的东西，也是艺术家的神经。"[3]

其次，鲁迅在《序目》里谈到，永田一修说凯绥·珂勒惠支的作品并非只觉得题材有趣，来画底层世界的；她因为为周围的悲惨生活所动，所以非画不

---

[1] Kleinbauer, W. Eugene. Research Guide to the History of Western Art (Chicago: American Library Association, 1982), p.131.
[2] ハウゼンシュタイン：『造型藝術社會學』，川口浩译，東京：叢文閣，1929年，第114頁。
[3] 同上，第128頁。

可，这是对于榨取人类者的无穷的"愤怒"，又说永田一修说她"时而见得悲剧，时而见得英雄化，是不免的。然而无论她怎样阴郁，怎样悲哀，却决不是非革命。她没有忘却变革现社会的可能"。① 这部分内容是永田一修对日本戏剧家千田是也的艺术评论《凯绥·珂勒惠支》一文的引用。② 千田是也在日本无产阶级文学运动不断分裂的1927年赴德学习表演。《凯绥·珂勒惠支》便是其1928年从德国柏林发回日本的一篇艺术评论，刊登在日本的《中央美术》杂志上。这也是日本有关珂勒惠支的第一篇评论。

---

① 鲁迅：《〈凯绥·珂勒惠支版画选集〉序目》，《凯绥·珂勒惠支版画选集》，人民美术出版社1956年版，第8页。
② 不过，永田一修的珂勒惠支论的最后一节就是对霍善斯坦因和千田是也的反驳。永田一修认为"珂勒惠支没有分析的无产阶级主观，只有对于无产者的明确描写，而且从形式上而言，也未完全脱离过去的资产阶级绘画，作品始终都是版画和素描"。因此，作为无产阶级绘画先驱的珂勒惠支自然是有待超越的。永田一脩：「世界におけるプロレタリア美術の情勢」，『新興芸術』第2卷4・5合併号，1930年，第32-33頁。永田一修还在1930年1月的『プロレタリア科学』上对川口浩所翻译的霍善斯坦因《造型艺术社会学》进行了批评，他提倡要对资产阶级末期的艺术批判的基础上，并与之分离，从而获得无产阶级艺术独自的形式。永田一脩：「造型芸術社会学」，『プロレタリア科学』第2年第1号，第179-181頁。

千田是也日后回忆,自己留德是在福本主义的左翼运动在日流行后的1927年。当时,日本的无产阶级文艺组织不断分裂,早期参与运动的同人多少都受到了强烈的冲击。在德国,他曾热心阅读的《艺术形式的生成和发展》一书的作者、马克思主义艺术理论的权威路·米尔顿夫人当时正受到德国共产党及德国无产阶级作家同盟的机关刊物《向左转》猛烈的批判。[①] 然而,即便如此,千田是也依然没有因为德国共产党及德国无产阶级作家同盟的艺术见解而否认珂勒惠支艺术的魅力,而是给予了同情的理解:

> 她并不是在自己的画里有所谓的目的意识的画家。她拥有凝视的双眼和正确再现的手。而将这两者结合起来的正是她作为无产阶级女性的心。所谓的倾向,并不是将外在的某个倾向强加给意识。她和世间所谓的表面的"倾向艺术家"相比更具倾向性。因为她将现实自身的倾向如现

---

① 千田是也:「私の俳優修業」,『千田是也演劇論集』第3卷,東京:未来社,1985年,第309頁。

实自身表现出那种倾向一般从根本上表现出来。没有比她的艺术更能倾向性地表现出资本主义社会正在朝着自我毁灭的方向发展的艺术了。为了使处于统治阶级的资产阶级没落,作为反抗力量原动力的人类事物的凝结点,即无产阶级的饥饿、不幸、幼儿令人吃惊的高死亡率、在危险劳动条件下的呻吟、怀孕女工的痛苦,没有比这些更具倾向性的东西了。珂勒惠支的艺术具有无可否认的倾向性效果。原因就在于她将资本主义社会现实所具有的倾向,饥饿、不幸、幼儿死亡率、怀孕等所具有的革命的倾向用最强、最深刻的方式表现出来。[1]

文章中所反复提到的"目的意识"和"倾向性"正是当时德国和日本文艺论争的核心概念。1910—1914 年,德国社会民主党集中讨论过倾向艺术。荷兰剧作家海厄曼斯(Herman Heijerman)坚持认为

---

[1] 千田是也:「ケエテ・コルキッツ」,『中央美術』1928 年第 14 卷第 1 期,第 26 頁。

是否具有"无产阶级意识"是衡量作品价值的唯一标准，从而挑起了社会民主党内部有关"倾向艺术"的论争。①

但海厄曼斯的立场在当时社会民主党内是少数派。列宁1905年在《党的组织和党的文学》里所提出的"意识"问题在德国社会民主党内没有得到解决。日本无产阶级文学运动中的千田是也、川口浩等人喜欢阅读的路·米尔顿夫人及霍善斯坦因的"艺术社会学"正是那个时代的产物，他们反对艺术的唯意识评判标准。米尔顿夫人认为，艺术的价值不在于社会意义和意识形态，强调这方面的因素也不是研究和对待艺术的正确方式。② 她认为艺术形式分为两部分，有意识的形式和无意识的形式，而艺术评论家们的工作正在于使体现时代精神的、无意识的、自发的艺术形式可以上升到意识层面。③ 霍善斯坦因的《造

---

① Heinz Sperber, "Tendenzioese Kunst", in Tanja Buergel ed., Tendenzkunst-Debatte (Berlin: Akademie-Verlag), p.10.
② Lu Maerten, "Zur aethetisch-literarischen Enquete", in Tanja Buergel ed, Tendenzkunst-Debatte (Berlin: Akademie-Verlag), p.99.
③ Ibid, p.100.

型艺术社会学》也是对"倾向艺术"的批评。霍善斯坦因强调艺术作品所包含的复杂因素,反对不考虑艺术表现形式的公式化的"倾向艺术"。[①] 当德国社会党内更激进的克拉拉·蔡特金和弗兰茨·梅林都反对在阶级斗争中吸收资产阶级艺术时,霍善斯坦因却恰恰在这个时期开始着手研究欧洲巴洛克艺术,反对无产阶级艺术中的"分离"策略,而提倡一种有序安排(organized)的"建设性"(constructive)的艺术史观,用"吸收"取代"斗争"和"分离"。[②]

在德国,倾向艺术的论争由于"一战"的爆发而告一段落。然而,德国社会民主党内早期对于现代主义艺术的理解及对煽动艺术的反思恰好又在1927年

---

① ハウゼンシュタイン:『造型藝術社會學』,川口浩译,東京:叢文閣,1929年,第170頁。

② Joan Weinstein, "Wilhelm Hausenstein, the Leftist Promotion of Expressionism, and the First World War", in Rainer Rumold and O.K. Werkmeister eds. The Ideological Crisis of Expressionism: The Literary and Artistic German War Colony in Belgium 1914-1918 (Columbia: Camden House, 1990), p.197.《自然生长与目的意识》和《再论自然生长与目的意识》分别发表于1926年9月号和1927年1月号的《文艺战线》上。收录这两篇文章的评论集《転換期の文学》(東京:春秋社)也于1927年出版。

后日本无产阶级文学论争时传入了日本。川口浩所译的霍善斯坦因的《现代艺术中的社会要素》正好出版于日本无产阶级文学运动受到福本主义影响分裂之后。1926年9月,青野季吉发表了《自然生长与目的意识》,提倡"目的意识"理论。① 他强调"出现了站在无产者立场的知识分子。出现了写诗的工人,戏剧从工厂中产生、小说在农民的手中写出,这都是自然生长起来的。不过这止于自然生长,还不是运动。终于成为无产阶级文学运动的,是在自然生长之上产生了目的意识之后"。② 而"目的意识"则是"自觉的无产阶级的斗争目的",以区别于描写无产阶级生活的个人的满足。③ 但是随后,日本无产阶级运动内部无法就艺术是否有独立的机能达成共识。川口浩在林房雄的鼓励下翻译了霍善斯坦因和米尔顿夫人的

---

① 《自然生长与目的意识》和《再论自然生长与目的意识》分别发表于1926年9月号和1927年1月号的《文艺战线》上。收录这两篇文章的评论集《転換期の文学》(東京:春秋社)也于1927年出版。
② [日]青野季吉:《自然生长与目的意识》,收陈球帆译《日本无产阶级文学运动、鲁迅和日本文学》,北京师范大学中文系中国现代文学教研室1980年印,第14—15页。
③ 同上,第15页。

"艺术社会学",以此反对那些轻视文学艺术独立机能和作用的公式主义,力图树立真正的马克思主义文艺观。[1] 既坚持文学的"目的意识"又强调文学自主性的川口浩后来这样反思了日本的无产阶级文学运动,他说"'目的意识'有着对于'自然发生文学'过小评价,而对知识的要素过大评价的意味",日本无产阶级运动很容易就因此走到了狭窄的观念论中从而与实际革命脱节。[2]

1927年赴德学习戏剧表演的千田是也受到霍善斯坦因和路·米尔顿夫人的影响,同样也关注艺术的独立机能和规律。千田是也在留德前曾担任了1927年1月成立的"前卫座戏剧研究所"的所长,他将自己刚刚读完的路·米尔顿夫人的《各种意识的本质与变化》选为研究所的讲义。[3] 和霍善斯坦因的意见相似,千田是也并没有执着于当时日本无产阶级文学运

---

[1] 川口浩:『文学運動の中に生きて、わが青春の回想』,東京:中央大学出版部,1971年,第42、187、150頁。
[2] 同上。
[3] [日]千田是也:《千田是也传》,丛林春译,中国戏剧出版社1992年版,第147页。

动中的"目的意识",而是强调作家对于历史必然性以及倾向的积极态度,认为珂勒惠支"没有失去对资本主义社会进行革命的可能性的信仰",因而"无论如何黑暗,如何悲剧性,也绝非是非革命的"。[1]和"目的意识"相比,千田是也和霍善斯坦因及路·米尔顿夫人一样,更关注珂勒惠支"凝视的双眼""正确再现的手""眼前的感觉""被悲惨的生活感动的心""无产阶级女性的心""愤怒""无产阶级母亲的经验"等处于"目的意识"领域以外的感情和经验因素。

可见,日本"劳农艺术家联盟"内强调艺术运动自身规律的千田是也和川口浩在日本无产阶级文学运动发生分裂时,关注到了德国无产阶级文学运动中的倾向性论争。他们在德国无产阶级文学运动论争中"拯救"出了在他们看来比教条的文学和艺术更具"倾向性"的珂勒惠支的艺术。鲁迅逝世前不久,日本作家鹿地亘曾因编选鲁迅文集一事写信向鲁迅请教《序目》中相关引文的出处。鲁迅告之,"其中引用永田氏的

---

[1] 千田是也:「ケエテ・コルキッツ」,『中央美術』1928年第14卷第1期,第26頁。

原文，登在《新兴艺术》上"，并将该杂志一并送上。① 可见鲁迅在收藏《新兴艺术》杂志的1930年就通过永田一修的文章了解到了围绕珂勒惠支的作品存在的争议。但据李允经介绍，鲁迅最早有搜集珂勒惠支版画原拓的想法大约是在1929年和柔石等组织朝花社时。鲁迅接触和了解到珂勒惠支当是在此之前。② 据内山完造的弟弟、当时帮助鲁迅开设木刻班的内山嘉吉介绍，鲁迅最初得知珂勒惠支可能更早，途径可能是日本剧作家千田是也刊登在日本《中央美术》1928年1月号上的文章《凯绥·珂勒惠支》。③ 这段时间正值鲁迅与创造社、太阳社关于无产阶级革命文学发生论争的前后。因此，鲁迅在这一时期能够忽视德国共产党对于珂勒惠支的批评并接受千田是也、川口浩等人对于珂勒惠支的评价

---

① 鲁迅1936年9月6日致鹿地亘信，引自《鲁迅全集》第14卷，人民文学出版社2005年版，第392-293页。
② 李允经：《珂勒惠支和中国现代版画运动》，《鲁迅研究月刊》1991年第9期。
③ [日]内山嘉吉、奈良和夫：《鲁迅与木刻》，人民美术出版社1985年版，第193页。

并不难理解。

另外，虽说鲁迅在革命文学论争中被逼着读了一些马克思主义理论并与冯雪峰策划主编了"科学的艺术论丛书"，但这一时期，在鲁迅购买的马克思主义理论丛书中就有霍善斯坦因的《艺术和唯物史观》(芸術と唯物史観，阪本勝訳，同人社，1928)和《造型艺术社会学》的日语译本。除此之外，鲁迅也藏有多本霍善斯坦因的德语书，其中就有《艺术和唯物史观》和《造型艺术社会学》的德语原本。鲁迅还曾计划亲自翻译卢那察尔斯基的《艺术论》一书附录的《霍善斯坦因论》，作为"科学的艺术论丛书"的一册出版。①1930年，鲁迅还曾与陈望道共同筹划"文艺理论小丛书"和"艺术理论丛书"，冯雪峰也计划于其中出版一册霍善斯坦因的《造型艺术社会学》。可见，霍善斯坦因及其"艺术社会学"对于革命文学论争前后的鲁迅影响很大。

不过，在经历了革命文学论争之后，在鲁迅"向

---

① 鲁迅翻译了卢那察尔斯基《艺术论》，但是最终没有翻译附录的《霍善斯坦因论》。

左转"之后,鲁迅还在持续地关注珂勒惠支,这又是为何呢?部分原因就在于下面将要提到的,珂勒惠支的作品反映了范围极广的、普遍的社会斗争,有些尚未进入无产阶级运动的范围,而这正与1930年代初期中国革命及左翼文学运动的实际情况相符。

世界革命的空间

珂勒惠支的艺术具有感情上的强大感召力,正如史沫特莱在《版画选集》的序中所介绍的那样,她的作品不但悬挂在苏联,也挂在欧洲各个火车站的墙上,救济会或工会的大厅;珂勒惠支的作品不仅是"为欧洲的各种劳动阶级的组织而产生的作品",她还"为了德国社会民主党,德国共产党,为了工会,为了欧洲的和平主义者的团体,以及救济会等"创作作品,[①]鲁迅所编选的《版画选集》中的《面包》和《德

[①] [美]史沫特莱:《凯绥·珂勒惠支——民众的艺术家》,收鲁迅编选《凯绥·珂勒惠支版画选集》,人民美术出版社1956年版,第4页。

国的孩子们饿着》就是珂勒惠支为工人救济会所创作的。

工人救济会正式的名称是"国际工人后援会"（Internationale Arbeiter-Hilfe，IAH），它是共产国际联络部领导的一个统一战线的联络组织，它的领导人是德国共产党员威利·明岑贝格（Wilhelm Münzenberg，1889—1940）。明岑贝格是列宁的追随者，曾担任青年共产国际的领导人，是德国共产党中央委员会成员。他的特长便是进行共产主义国际宣传。[1] 朱正在《鲁迅的人际关系》一书中所提到的鲁迅所参与的与共产国际有关的中国自由大同盟、宋庆龄所领导的中国民权保障同盟以及与反帝大同盟相关的上海远东反战会议，背后主要的策划人都是明岑贝格。[2] 为了帮助苏联度过大饥荒的困难，明岑贝格筹建了"国际工人后援会"，即鲁迅此前在谈论萧伯纳时就已提到的"各国无党派智识阶级劳动者所组织的

---

[1] 有关明岑贝格的介绍参见 Babette Gross, Willi Munzenberg: A Political Biography (Michigan State University Press), 1974。
[2] Ruth Price, The Lives of Agnes Smedley (Oxford University Press, 2005), p.233.

国际工人后援会"。① "国际工人后援会"周围集结了一大批的现代艺术家和作家。鲁迅在《北斗》第二期上所介绍的墨西哥壁画家迪艾戈·里维拉（Diego Rivera）也和明岑贝格有着密切的合作关系。②鲁迅1930年购进的《迪艾戈·里维拉作品集》（Das Werk Diego Riveras）正是里维拉1927年赴苏联参加十月革命十周年纪念活动之际途经柏林、受明岑贝格的邀请由其出版集团出版的。③鲁迅喜爱的另一位德国版画艺术家乔治·格罗斯（George Grosz）也是明岑贝格团体中的成员，他这一时期的画集都由明岑贝格旗下的马利克出版社（Malik-Verlag）出

---

① 鲁迅：《忽然想到十》，《鲁迅全集》第3卷，人民文学出版社2005年版，第94页。本篇发表于1925年6月16日《民众文艺周刊》，此时正值五卅运动后，文章提到国际工人后援会从柏林发来为"五卅惨案"致中国国民的宣言。可见鲁迅当时就已经知道国际工人后援会的存在。

② 1931年10月《北斗》第二期上的《贫人之夜》的说明系出自鲁迅之手。王观泉：《鲁迅和里维拉》，山东画报出版社2015年版，第26页。

③ Manuel Aguilar—Moreno, Erika Cabrera, Diego Rivera: A Biography (California: ABC—CLIO, 2011), p.41.《迪艾戈·里维拉作品集》提到了里维拉的壁画创作，这是首次介绍里维拉的壁画创作，里维拉转向壁画创作是1926年下半年才开始的。鲁迅的《贫人之夜》参考了《迪艾戈·里维拉作品集》。

版。[1]史沫特莱和鲁迅一同起草的抗议国民党杀害五位中国作家的英文呼吁书,在美国的《新大众》和《新共和》上刊出后,日语、俄语、德语和法语的翻译版本以及一个由莫斯科的国际革命作家联盟起草、由巴比赛和辛克莱等众多国际知名作家签名的抗议得以在世界各地继续传播,这一切仰仗的也正是明岑贝格的出版和宣传网络。[2]也就是说,珂勒惠支走入中国与其所属的"国际工人后援会"及其背后的共产国际网络有关。

鲁迅1931—1932年间所筹办的"德国创作版画展览会"的一个重要的历史背景便是"国际工人后援会"的机关刊物、创刊于1921年的《德国工人画报》正值创刊十周年。《德国工人画报》由于珂勒惠支、格罗斯、高尔基、萧伯纳的加入,在1920年代得到了飞速的发展。其1931年的发行量高达每周50万份,在上海、东京、悉尼、纽约、布鲁塞尔等世界各地设

---

[1] 鲁迅外文藏书中现收有数本由马利克出版社出版的格罗斯画集。
[2] Ruth Price, The Lives of Agnes Smedley (Oxford University Press, 2005), p.217.

有46个发行处,是共产国际对外宣传的重要窗口。[①]就在鲁迅刊出《介绍德国作家版画展》的一周前,即1931年11月30日,左联的刊物《文艺新闻》刊发了《罗曼罗兰、高尔基致国际工人互济会之祝词》以及《绕过地球的这半边,我们函祝你的生辰:德国工人画报十周年纪念》两文。[②]"德国创作版画展览会"名义上是汉堡嘉夫人,即同样属于共产国际驻上海的工作网中的成员和史沫特莱及著名间谍理查德·佐尔格都有所交往的鲁特·维尔纳筹办,但实际上"鲁迅所珍藏者,亦被借去展览"。[③]该展览虽然被冠以"德国创作版画展",实际上珂勒惠支的作品占了很大的比重。叶灵凤在回忆自己观看"德国作家版画展"时说,"第一次见到珂勒惠支的版画,已经是八九年前的事了",地点是"上海四川路桥附近有一家比较进步的西洋书店,资本大约是德国人的,因此除了英美俄法的新书以外,架上最多的是德文

[①] Heinz Willmann, Geschichte der Arbeiter—Illustrierten Zeitung 1921-1938 (Berlin: Dietz, 1974), p.123.
[②] 详见1931年11月30日《文艺新闻》第3版。
[③]《侨沪德人举行创作版画展览会》,《文艺新闻》1931年12月7日第2版。

书，此外还有不少德国出版的画集","这书店有一次举办了一个小规模的版画展览会","我记不起陈列的是哪一些人的,但现在想起来,最多的怕就是珂勒惠支的作品"。[①] 叶灵凤的回忆大致是准确的,展览中珂勒惠支的画是焦点。据《文艺新闻》介绍,由于珂勒惠支《农民图》七张,尺寸"大致二尺以上,因此镜框遂成问题"。[②] 为了找到合适的画框,本来定于1931年12月7日举办的画展延期至1932年6月4日。鲁迅不但提供原作者手拓签名的作品,还想办法筹集镜框。

叶灵凤回忆中的这家举办了"创作版画展览会"的瀛寰书店并非一般的德文书店。这个装满了激进的德语、英语和法语书籍的小小的书店是共产国际联络部的成员、德国共产党明岑贝格出版集团的一部分。据鲁特·维尔纳介绍,1930年来到上海的瀛寰书店店主伊萨和长期生活在莫斯科的中国同志吴照高一

---

① 叶灵凤:《序珂勒惠支画册》,姜德明编:《叶灵凤书话》,北京出版社1998年版,第293页。
② 《德国版画展延期的真相》,《文艺新闻》1931年12月14日第2版。

起来到中国，在上海从事地下工作。[①] 吴照高，原籍福建，出生在德国，公开身份是旅欧华侨资本家，在上海为共产国际工作，担任佐尔格的助手并直接领导中共地下党员张文秋。瀛寰书店是国际共产主义在上海的一个据点。[②] 共产国际用它作为接头和招募成员的据点。通常情报被写在纸上、塞进指定的书里，情报人员由此互相传递信息。[③] 鲁迅从1930年12月2日开始接触到瀛寰书店。是日日记中记载"午后往瀛寰书店买德文书七种七本，共泉二十五元八角"。[④]

作为《德国工人画报》重要而坚定的支持者，珂勒惠支曾受邀参加1931年10月"国际工人后援会"

---

① ［德］鲁特·维尔纳：《谍海忆旧》，张黎译，解放军文艺出版社2000年版，第57页。
② 吴萍莉、张翔称："瀛寰图书公司当时的规模并不大"，"与其说瀛寰图书公司是一家专门经销德文书的书店，不如说它更像一个中外左翼人士的同仁俱乐部"。吴萍莉、张翔：《鲁迅与瀛寰图书公司的交往》，《上海鲁迅研究》2014年第1期。
③ Ruth Price, The Lives of Agnes Smedley (Oxford University Press, 2005), p.211-212.
④ 吴萍莉、张翔：《鲁迅与瀛寰图书公司的交往》，《上海鲁迅研究》2014年第1期。

的世界代表大会。[①]《德国工人画报》十周年之际，还曾以珂勒惠支的版画《团结》随刊馈赠读者。[②] 很有可能，德国版画展便是画报十周年纪念之际，上海的共产主义小组在《德国工人画报》驻上海的发行处瀛寰书店举办的一个以珂勒惠支作品为主的庆祝活动，鲁迅也参与其中。帮助鲁迅筹办展览的鲁特·维尔纳（即汉堡嘉夫人，原名乌尔苏拉·汉布尔格）正是德国共产党员、共产国际的地下工作者，佐尔格小组的成员。她在《谍海忆旧》里称："鲁迅想出版一本凯泰·珂罗惠支的画册。我帮他搜集了那些画，后来他赠我一册，还写了一句友好赠言"，此中可能回忆有误，说的也许正是珂勒惠支版画展。[③]

不过，需要指出的是，1931年明岑贝格所领导的国际工人救援组织并非共产国际中的党派组织，而

[①] Kasper Braskén, The International Workers' Relief, Communism, and Transnational Solidarity: Willi Münzenberg in Weimar Germany (New York: Palgrave Macmillan, 2015), p.196–197.

[②] Heinz Willmann, Geschichte der Arbeiter-Illustrierten Zeitung 1921–1938 (Berlin: Dietz, 1974), p.123, 131.

[③] [德]鲁特·维尔纳：《谍海忆旧》，张黎译，解放军文艺出版社2000年版，第35页。

更像是一种广泛的统一战线联合组织,其目的和作用就在于广泛地团结一切进步力量,将它们吸纳和转换到共产主义运动中来。珂勒惠支的作品由于其能打动"人心",超越民族壁垒的沟通能力在其中发挥着巨大的作用。《版画选集》中的《织工》组画虽说参考了珂勒惠支的朋友德国著名戏剧家格哈特·霍普特曼同一题材的剧作,但是作品名称如果直译出来应该是《一次织工起义》(Ein Weberaufstand),它既没有沿用霍普特曼以1884年西里西亚织工起义作为背景的戏剧的原名《织工》(Die Weber),也没有用德语的定冠词Der表示某次特定的织工起义。史沫特莱在为《版画选集》所写的序里称,它"第一次描写了在发展中的资本主义制度下的德国劳动阶级的痛苦生活——跟今日中国的工人同样的痛苦生活"。[1]1928年到达上海的史沫特莱没有机会亲历"五卅惨案"中日本纱厂里的工人罢工,但是1930年夏天,史沫特莱曾考察了广东缫丝业及缫丝女工的生活和工

---

[1] [美]史沫特莱:《凯绥·珂勒惠支——民众的艺术家》,收鲁迅编选《凯绥·珂勒惠支版画选集》,人民美术出版社1956年版,第1页。

作情况。说不定，那时她头脑里想起的便是珂勒惠支的《织工》，感受到的是今日中国的工人和曾经的德国织工受的是同样的苦。与其说珂勒惠支的《织工》是以霍普特曼的戏剧为蓝本，或是表现了1884年西里西亚织工起义，不如说它创造出了一种视觉表象，用以揭示人类普遍的生存环境以及人们对于这种持续的生存状态的一种抗议。[1] 史沫特莱和珂勒惠支从未将革命局限在德国，而是从一开始就预想了欧洲以外"尚未被意识到"的潜在的革命力量存在。

除了《版画选集》出版时史沫特莱专门写作的《凯绥·珂勒惠支——民众的艺术家》外，她还曾在与珂勒惠支关系亲密的1925年集中用英语介绍过珂勒惠支。其中，《珂勒惠支及六幅版画》发表在印度国大党的重要成员米娜里妮·查托帕迪亚雅（Mrinalini Chattopadhyay）主编的《明灯》（Shama'a）期刊上。[2] 另有《德国社会底层的艺术家》和《德国大众的艺

---

[1] Elizäbeth Prelinger, "Kollwitz Reconsidered", in Elizabeth Prelinger ed., Käthe Kollwitz (New Haven: Yale University Press, 1992), p.30, 31.
[2] Agnes Smedly, "Kaethe Kollwit (and six illustrations)", Shama'a, 1925.10-1926.1, Vol.VI, No.1&2, p.43-49.

家》两篇文章。[1]前者发表在印度著名的综合杂志《现代评论》上，而后者发表在芝加哥的国际性工会联合组织"世界产业工人"（Industrial Workers of the World）的官方刊物《工人先锋》上。这三份期刊都不是无产阶级文化运动的正统刊物。也就是说，史沫特莱到上海后和鲁迅共同编选的《版画选集》要放在德国的印度民族独立运动、美国的工团主义与印度的社会主义改良运动一系列历史脉络上看。柄谷行人曾在解读《共产党宣言》时指出，巴黎公社的失败意味着世界同时革命的理想失败了，1848年以后的共产主义运动分裂为三个方向：呼吁在先进资本主义国家改革议会制度的社会民主主义、实行"无产阶级专政"的布尔什维克主义（列宁主义）以及无政府主义或工团主义（anarcho-syndicalisme）。[2]包括印度

---

[1] 史沫特莱的文章分别参见 Agnes Smedly, "Germany's Artist of Social Misery", The Modern Review, Vol. XXXVIII, Number 1-6, July to December, 1925, p.148-155; Agnes Smedly, "Germany's Artist of the Masses", Industrial Pioneer, Vol. III, No. 5, September 1925, p.4-9。

[2] 柄谷行人：『なぜ「共産主義者宣言」か』，收カール・マルクス：『共産主義者宣言』，金塚貞文訳，東京：平凡社2012年版，第117-119頁。

民族主义运动、工团主义；社会民主主义和共产党领导的运动在内的各种世界革命的不同构想竞相展开。并且，最终的出路尚未确定。革命首先从欧洲爆发的既定路线落空了，而世界无产阶级革命的下一个高潮将会在哪里、革命将以何种形式爆发仍不可知。正是这些欧洲历史实践的失败让他们关注到莫斯科意想之外的中国。

正如上一部分所说，鲁迅接触并喜爱上珂勒惠支的1920年代末期正是革命文学论争时期，也是中国无产阶级文学和艺术理论尚未定型的时期。与其说这反映了鲁迅与主流革命意识的区别，不如说诉诸感情、感觉和潜意识领域的艺术形式正符合当时的革命情境，呈现了中国革命现状乃至世界革命在1920年代末到1936年间不清晰性和多元共生的态势。借助珂勒惠支的艺术，国际工人救援组织开启的正是革命未知的领域，触及的也是尚未成型的革命力量——例如当时宋庆龄所领导的反帝大同盟以及后来的中国民权保障同盟。正是由于超越唯一的、分析性的"目的意识"，珂勒惠支的作品才得以在广阔的全球革命空间内流通并得以在1920年代末进入中国。然而，值得注意的是,《版画选集》最终出版时已是红军长征到达陕北且上海发生两个口号论争、左联即将解散之际。珂勒惠支的艺术又是如何穿过1920年代的革命语境从而到达1936年的呢?

《农民战争》与中国革命主体的确立

在编选《版画选集》时,鲁迅自言,21幅作品"以原拓本为主,并复制一九二七年的印本《画帖》以足之"。① 据黄乔生研究,鲁迅曾购有1927年与1931年两个版本的《凯绥·珂勒惠支画帖》(以下简称《画帖》)。鲁迅曾通过1931年3月22日的《法兰克福日报》得知1927年出版的《画帖》再版,托徐梵澄又购得一本。但鲁迅于1932年10月15日,以新版画帖赠坪井学士,只留下1927年的版本。② 鲁迅在1936年的《序目》中写道,珂勒惠支

---

① 鲁迅:《〈凯绥·珂勒惠支版画选集〉序目》,《凯绥·珂勒惠支版画选集》,人民美术出版社1956年版,第8页。
② 黄乔生:《鲁迅外文藏书提要(二则)》,《鲁迅研究月刊》2011年第3期。

的德国画集，"以《凯绥·珂勒惠支画帖》（Kaethe Kollwitz Mappe, Herausgegeben Von Kunstwart, Kunstwart Verlag, München, 1927）为最佳"，而后一版，即1931年的再版的版本"变了内容，忧郁的多于战斗的了"。[①]经对照会发现，和1927年的《画帖》相比，1931年的《画帖》少了全套的《织工》组画：1927年的《画帖》收录了《农民战争》组画中的三幅《磨镰刀》《圆洞门里的武装》《战场》，而到了1931年的《画帖》则减少为两幅，少了《战场》。总体数量为12幅，比原来少了3幅。

从鲁迅最终所编选的《版画选集》来看，鲁迅对1931年的《画帖》感到不满的可能是其对《织工》和《农民战争》组画的删减。与此相对的是鲁迅自身所编选的《凯绥·珂勒惠支版画选集》，收录了《织工》和《农民战争》两套组画的全部共13幅作品，占了整本《版画选集》的近三分之二。正如第一部分所说，有可能鲁迅在周知珂勒惠支在德国受到质疑

---

① 鲁迅：《〈凯绥·珂勒惠支版画选集〉序目》，《凯绥·珂勒惠支版画选集》，人民美术出版社1956年版，第8页。

的情况下选择了其在无产阶级文化圈内较少争议的《织工》和《农民战争》两组组画。不过，对此的解读不能仅以德国共产党的艺术评论为唯一标准，而简单地认为鲁迅遵从了德国无产阶级艺术的标准。而需要将德国共产党的评论先搁置在一边，从1930年代中国引进珂勒惠支版画的具体历史出发，做出新的解释。

就在史沫特莱到达中国的1928年，布哈林在共产国际第六次代表大会的第三次会议上所作的共产国际执行委员会的工作报告中就曾总结共产国际工作的缺点，其中一项便是应该要"更多地注意农民问题"。[①]但即便到了1930年8月，苏联还未放弃在中国城市中激起革命的指导意见，中国共产主义军事运动遭遇了挫折。此后，真正在广大农村中看到中国革命方向和潜力的是鲁迅与史沫特莱。

1932年1月，史沫特莱参与创办的《中国论坛》曾刊出了《江西的生活、生计和防卫》一文。这

---

① 王学东编：《国际共产主义运动历史文献》第45卷，中央编译出版社2013年版，第76页。

大约是对1931年11月由冯雪峰起草并由左联执委会通过的《中国无产阶级革命文学的新任务》的回应。[1] 1932年，周建屏在上海养伤期间曾向史沫特莱讲述过江西红军的情况，这些内容后来被写入了《中国人的命运》中有关红军的几篇小品中。[2] 史沫特莱1934年还出版了《中国红军在前进》，首次对外介绍了中国苏维埃运动和中国红军。在后来的《中国的战歌》中，史沫特莱写到自己在西安事变后第一次见到红军时的感动，"见到红军，真是我意想不到的事。他们是四川来的红军，都是贫苦农民，年龄在十五岁至五十岁之间。看到他们，使我联想起历史上描写的德国农民战争中的人物形象，他们一双眼睛赤肿发炎，许多人没有鞋穿"。[3] 史沫特莱显然在长征的红军中联想到了德国农民战争时的德国农民。

---

[1] 刘小莉：《史沫特莱与中国左翼文化》，浙江大学出版社2012年版，第80页。
[2] 同上，第87页。
[3] ［美］史沫特莱：《中国的战歌》，《史沫特莱文集》（1），袁文等译，新华出版社1985年版，第137页。史沫特莱1932年夏天曾在离苏区不远的牯岭度过，可能在此期间见过苏维埃红军。

在鲁迅方面，1932年11月，冯雪峰曾陪同从苏区到上海疗伤的陈赓会见鲁迅。陈赓向鲁迅介绍了反"围剿"的情况，并希望鲁迅能写作文学作品介绍红军。但鲁迅既没有苏区的生活经验，当时上海的情况要创作红军题材的作品也是无法做到的。[1] 选编收录全部《农民战争》组画的《版画选集》或许可以看作鲁迅从另一个角度完成了对于农民革命题材的创作。据参加过木刻讲习会的江丰回忆，鲁迅在看到《农民战争》组画后也大为感动，曾通过朋友致信珂勒惠支，请她创作以太平天国农民运动为主题的版画。不过可惜的是珂勒惠支因为对中国事物不熟悉而婉拒了。[2] 也就是说，和史沫特莱一样，鲁迅从《农民战争》中看到的不仅仅是德国的农民战争的历史，也是中国自身的革命历史。这或许才是他们在《版画选集》中全部收录《农民战争》组画的原因。

珂勒惠支的《农民战争》是受德国历史协会的委托、以1524—1526年德国的农民战争为题材创作的

---

[1] 刘小莉：《史沫特莱与中国左翼文化》，浙江大学出版社2012年版，第83页。
[2] 江丰：《鲁迅先生与"一八艺社"》，《美术》1979年第1期。

组画。这是德国历史上最伟大的一次农民起义,西欧中世纪一次规模最大的反封建农民起义,也是震动欧洲的一个重大历史事件。从这时起,近代无产阶级的先驱者登上了政治舞台。作为"早期资产阶级革命"的"德国农民战争",无疑早就超越了宗教事务的意义,体现整个欧洲秩序传统革故鼎新的"第一次现代革命"。[①]可是,这并非珂勒惠支要表达的农民战争。有研究指出,珂勒惠支的《织工》和《农民战争》组画都没有按照事物发展的因果逻辑来安排单幅画作,画作中也没有意识的逻辑,艺术家在创作时未按照一定的意识去表现,也未按照剧本和历史素材的材料进行描绘,而只是根据自己的灵魂(soul)去表现最具戏剧性,最能打动人心的场面,在创作完若干幅单幅作品后,再予以编排。[②]从一开始,珂勒惠支就拒绝为农民战争烙印具体的时间和地点,而

[①] 荆腾:《恩格斯的〈德国农民战争〉及其史学意义》,《世界历史》2016年第6期。

[②] Elizabeth Prelinger, "Kollwitz Reconsidered", in Elizabeth Prelinger ed., Käthe Kollwitz (New Haven: Yale University Press, 1992), p.31.

是以表现普遍的农民斗争为目的。[1]或许正因为这样，鲁迅和史沫特莱才在画作中看到了16世纪德国农民战争和以太平天国运动为起点、以红军的长征为结果的中国社会革命间的联系。他们看到的是作为世界历史一环的中国历史。他们也在上海的地下党遭受破坏、中国革命的主体力量尚未确定、红军不断被"围剿"时发现了"尚未被意识到"的中国革命的巨大潜能。

然而，具有讽刺意味的是，珂勒惠支的作品却无意识地、准确地传递了当时欧洲革命的困境。1524年的德国农民战争因为没有形成统一的行动慢慢地被政府军打败，以失败告终，十万农民被虐杀。恩格斯曾在1848年欧洲革命失败后出版的《德国农民战争》一书中指出，平民总体来说为他们自身的小资产阶级本性所支配。[2]处于平民阶级之下的受剥削的广大农民群众虽然受到最可怕的压迫，虽然恨得咬牙切齿，可是要让他们举行起义却很困难。散居各地要取得任

---

[1] Elizabeth Prelinger, "Kollwitz Reconsidered", in Elizabeth Prelinger ed., Käthe Kollwitz (New Haven: Yale University Press, 1992), p.37.
[2] 恩格斯：《德国农民战争》，人民出版社2016年版，第32页。

何共同协议都无比困难。农民世代习惯于逆来顺受。所以,一直以来农民都是默然忍受,虽然可以在中世纪找到很多局部性的农民暴动,但是在德国农民战争以前,遍及各地的全国性农民起义一次也没有。[①] 到了1848年的欧洲革命,事情依然并不见好转。1844年的西西里亚的织工起义是继法国和英国的无产阶级暴动结束后才在德国展开的,是无产阶级本质的一种自觉。行动本身就说明了这个自觉。但是没有被组织起来的织工最终还是被打败了。恩格斯的《德国农民战争》一书就是为了鼓励失败的欧洲革命而作。为了鼓励一度悲观失望、看不到光明前途和胜利希望的德国工人群众,恩格斯重新发现了德国早期农民战争的意义,用它来告诉德国人民,他们有自己的光荣革命传统和斗争历史。同时,恩格斯向他们指出,两次革命失败的一个共同原因便在于起义的地方狭隘性,没有采取集中的全国性的行动,连工人阶级内部也缺乏紧密的联系,没有统一的步调。[②] 简而言之,革命之

---

① 恩格斯:《德国农民战争》,人民出版社2016年版,第34页。
② 同上,第123页。

所以失败正在于德国农民虽然有顽强而坚韧的斗争品质，但是他们无法将这种普遍的革命感情转化为统一的全国行动和无产阶级革命的政治行为。恩格斯认为，"现在的任务是要以高度的热情把由此获得的日益明确的意识传播到工人群众中去，必须不断增强党的组织和工会组织的团结"。[1] 如果说创作于19世纪末期和20世纪最初几年的《织工》和《农民战争》两组组画在题材上的确是最直接地反映了世界无产阶级的斗争情况，那么从表现方式来看，也恰恰是这两套组画表现出了本文第一部分所谈到的霍善斯坦因喜爱的"吸收"和"建设"原则。珂勒惠支在《织工》组画中既表现了起义的激昂，有愤怒的群众去砸工厂大门的场景，但也不回避最终失败的场景；在起义的群众中，既有身强力壮的工人，也有在外围无所事事、脱离了起义目标的、孱弱的人们。也就是说，珂勒惠支作品因为各种因素相互抵牾而具有内在张力，但是各种相互冲突的力量也让画作的基本倾向不明，就好

---

[1] 恩格斯：《1870年第二版序言的补充》，收《德国农民战争》，人民出版社2016年版，第19页。

像日本无产阶级艺术评论家永田一修所批评的那样，珂勒惠支的画作中"没有分析的无产阶级主观"。[①] 珂勒惠支曾自白，"当然我的作品由于受到我父亲和哥哥观点的影响，受到当时文学作品的影响，已经提到社会主义这个题目"，可是原来的动机只不过是"资产阶级生活中的人对我没有任何吸引力"，那并不是一种阶级意识，而更多的是出于自然主义美学的认识。[②] 她想表现他们的生气活泼，也想表现他们的不安和烦恼，也掺杂了自己的一些同情。在她的画中不仅因为缺少资产阶级的登场而缺少绝对冲突，甚至在表现无产阶级时，也是将其不同的侧面都展示出来。画面中多种元素混杂、对立地出现正是因为早期的珂勒惠支是以一名自然主义艺术家的姿态参与艺术运动的。作为对于"自然的"科学研究方法，广义的现实主义传统可以从1869年算起，而其中的自然主义支流进入美术和视觉领域大约在1890—1914年间，也

[①] 永田一脩，「世界におけるプロレタリア美術の情勢」，『新興芸術』第2巻4・5合併号，1930年，第32-33頁。
[②] 孙介铭译：《凯绥·珂勒惠支书简与日记》，上海人民美术出版社1984年版，第41页。

即珂勒惠支事业的巅峰期。[1]珂勒惠支要求如现实"非美化"地表现劳动人民的愿望也反映了其所受到的自然主义艺术的影响。

《版画选集》以及中共领导的江西苏维埃及作为中国革命主体力量的农民显然可以置于德国农民战争的延长线上。就像恩格斯在评论德国农民战争时所指出的那样,当德国人进行农民战争时,英国人、法国人、波西米亚人、匈牙利人都已经进行过他们的农民战争;革命除了具有连带性外,还有经验的积累与传递。史沫特莱后来在她的《伟大的道路:朱德的生平和时代》一书中谈到过中国"十九世纪中国伟大的太平天国革命",她认为"那是截至当时为止的中国最大的农民革命,甚至在带有基督教色彩这一点上,都极像三个世纪以前的德国农民战争"。[2]但是她也借朱德的口说道:"革命之所以失败是因为未能完全将农民组织起来","是因为它的领导人之间自相残杀",

---

[1] Boris Roehrl, Kunsttheorie des Naturalismus und Realismus (Hildesheim: Georg Olms Verlag, 2003), p.63.
[2] [美]史沫特莱:《伟大的道路:朱德的生平和时代》,《史沫特莱文集》(3),梅念译,新华出版社1985年版,第26页。

并且"未能建立一个革命政党来进行领导"。[①] 德国农民战争和随后的1848年欧洲革命都因为缺乏组织、政党领导和清晰的"目的意识"而最终失败。但到了1930年代，中国不但是世界革命连带性上的一环，也在革命的内在本质上与前几次的欧洲革命乃至中国历史中的太平天国农民起义发生了重大的区别。正如下文所要指出的那样，《版画选集》在中国的刊印便是这一历史变化的见证，很好地诠释了鲁迅和史沫特莱等对既有"目的意识"理论和革命组织理论的理解和期待。

"目的意识"的重构

珂勒惠支真正的意义正在于，她并未仅仅停留在《农民战争》的创作，她随着19世纪末20世纪初的德国革命一同生长，通过实践走向了与社会民主党

[①] [美]史沫特莱：《伟大的道路：朱德的生平和时代》，《史沫特莱文集》（3），梅念译，新华出版社1985年版，第38页。

及共产党的合作。1919年1月社会民主党分裂，斯巴达派和多数劳动者站了起来，希望战争早日结束，德国十一月革命爆发。在反对战争的一致行动中，德国的民众成为一种团结的力量，正式登上了历史舞台。也正是1919年李卜克内西的被害让珂勒惠支真正意识到了新时代的开始。她在参加完李卜克内西的葬礼后，在1921年1月21日致朋友的信中写道，围绕在李卜克内西墓周围的几万人，让她感到了一种强烈的感动，迫使她重新面对自己的工作，酝酿一幅新的作品。[1] 她也在这一时期的日记里写道，自己想要新的工作，捕捉一种更为本质的东西。一方面要对对象做正确的自然研究，表现细部；另外一方面也要表现出现象的本质。[2]

"一战"的爆发、李卜克内西的死以及民众的力量让她转而寻找一种本质的东西。可以说，此时她明确感受到了推动历史的主要力量或者说历史的动力，并由此产生了一种统和艺术中的矛盾从而表现本质的

---

[1] 孙介铭译：《凯绥·珂勒惠支书简与日记》，上海人民美术出版社1984年版，第127页。
[2] 同上，第118页。

艺术表达。此时,她也认识到,为了表现新的内容要用新的形式。正是在为李卜克内西而做的纪念作品中,她第一次放弃了早期精细的铜版画,又放弃了石版画,转而选择粗犷的木版画。在形式上,她自觉地放弃了多余的线条,放弃了对技艺的追求,也放弃了各种调和冲动的努力,转而采用了表现形式上清晰对照、黑白分明、强烈对比的木版画。[1] 历史的动力和根本矛盾开始通过表现形式上的改变清晰起来。从题材上看,她也一改原先《断头台边的舞蹈》《格莱亲》《织工》《农民战争》等从文学和历史事件取材的做法,而是将眼光紧紧地盯住了鲜活的现实,取材于现实和实践。珂勒惠支后期作品中一再出现的、贫困的母亲与孱弱的儿童形象可能正和其参与史沫特莱1925年在柏林筹建的节育诊所有关。也正是在这一阶段,珂勒惠支开始了为共产国际和国际工人救援会的宣传工作服务,1921年制作了海报《救救苏联》,1923年又制作了海报《德国的孩子们饿着》,以此为契机开始

---

[1] 孙介铭译:《凯绥·珂勒惠支书简与日记》,上海人民美术出版社1984年版,第127页。

和共产党员一起工作。珂勒惠支虽然不是德国共产党员，也不完全同意他们的意见，但最终还是卷入了政治，尽了自己的力量。她说，即便别人说这不是纯粹的艺术，里面包含着别的目的，她也坚持要继续发挥自己的作用。[1] 因而，与德国共产党的批评相反，正是"一战"以后的那些画作，而不是《织工》与《农民战争》才是珂勒惠支真正获得了"目的意识"的体现，是"了解到无产阶级生活深处的艰难和悲惨时"，"深刻地理解到无产者的命运以及其他一切与之有关的现象"后，从原有的自然主义美学立场向"目的意识"的自觉转换。促发这一意识的除了她的儿子在"一战"前线的阵亡、与资产阶级战争力量搏斗的李卜克内西的葬礼外，还有她自身所参与的柏林地区的工人的救助活动。正是在实践的工作中，深深被打动的她创作了一系列粗朴的木版画，表现了自己难以抑制的、对于贫困的哀鸣之情。

编选《版画选集》的鲁迅及史沫特莱展现出了与

---

[1] 孙介铭译：《凯绥·珂勒惠支书简与日记》，上海人民美术出版社1984年版，第139页。

珂勒惠支的相似性，1931年前后，鲁迅不但被卷入左联的工作，同时被进一步卷入了共产国际的网络，卷入了组织，在其中开展力所能及的实际工作，《版画选集》便是这一系列实践的结果。众所周知，鲁迅正式谈论和在中国的期刊上选用珂勒惠支的作品是为了纪念1931年2月柔石的牺牲，将偶然在德国书店的目录上看到的珂勒惠支的版画《牺牲》投寄给了1931年9月的《北斗》。这便是珂勒惠支版画进入中国大众视野的第一幅作品。[①]《牺牲》表达的并不仅仅是对于国民党的愤怒，更是对于中国革命所遭受到的挫折、对自主摸索革命道路过程中发生的"牺牲"的"悲哀"和"愤怒"。但是，另一方面，也正是柔石等人的牺牲让鲁迅直接接触到了国际工人救援会、明岑贝格的共产国际组织，珂勒惠支的作品才通过这样的渠道在中国展出、收集和出版。同时，也正是有了这样的"牺牲"，左联才能正式面对自身的"左倾幼稚病"，更加注重作家本身的特点、发挥左联在

---

① 鲁迅:《写于深夜里》,《鲁迅全集》第6卷,人民文学出版社2005年版,第517页。

文艺上的优势，在既定的条件下开展可能的工作。1932年3月左联改组后尤其重视"有计划地动员青年文艺者来从事斗争"及"青年文艺研究团体作为左联的后备军"的养成，在发展左联组织的同时要求新的成员能够参与左联领导的文学团体，从事各类具体的文艺活动。[1] 政策调整后，1931年底和1932年便出现了新一轮的文艺浪潮。正是在这一段时间内，中国的木刻艺术得到了长足的发展，春地美术研究会、MK木刻研究会、野穗社、杭州的木铃木刻研究会等一大批的左联外围艺术组织都相继成立。鲁迅还曾受邀收集中国的木刻作品寄往法国和苏联展览。[2] 很显然，鲁迅所组织的"德国版画展"可视作调整后的左联工作的一部分。

明岑贝格曾在共产国际第六次代表会议上这样阐述自己的工作宗旨，"我们应当尽最大的努力去争取非党工人和社会民主党工人，即使不是直接吸收他们

---

[1] 参见左联内部油印刊物《秘书处消息》第一期，收《中国现代文艺资料丛刊》第五辑，上海文艺出版社1980年版，第16—30页。
[2] 王锡荣：《"左联"与左翼文学运动》，上海人民出版社2016年版，第146页。

参加共产党,那也要吸收他们参加在他们与共产党之间起桥梁作用的辅助组织"。[①] 在罗马尼亚、保加利亚、南斯拉夫、波兰等共产党的活动是不合法的国家中,扩大和加强我们所建立的和由我们领导的所谓辅助组织,并使他们成为真正的群众性组织的工作就特别的重要。[②] 这一论述对于受到"围剿"的中国左联是一种启发。鲁迅从文艺自身的设定出发,以更加符合文艺和艺术家的活动方式,而非直接介入和夺取政权的方式参加左联的文艺工作。珂勒惠支的艺术在中国的流转除了它符合1920年代末、1930年代初世界革命现实的多元共生的可能性外,它更是中国革命及左联内部自我调整的结果,是左联组织进一步发展的结果。

然而,令人唏嘘的是,1935年8月王明要求萧三起草转交要求左联解散的信,12月左联解散,而后便是"两个口号"论争和鲁迅的《答徐懋庸并关于抗日统一战线问题》一文。在这"溃败"的两年,据

[①] 王学东编:《国际共产主义运动历史文献》第45卷,中央编译出版社2013年版,第138页。
[②] 同上,第140页。

鲁迅自叙，所行者不过是"印过两本版画，一本杂感，译过几章《死魂灵》"。[①] 两本版画中就有1936年5月以"三闲书屋"名义出版的《版画选集》。左联解散虽然是在1935年底，然而史沫特莱意识到共产国际对中国苏维埃的态度转变大约是在1934年底。希特勒上台以及日本侵华的压力使得苏联不再将反蒋作为主要的工作目标。而一直可以从共产国际得到消息的史沫特莱在1934年就已经知道了新的政策动向。为了在上海筹办共产国际的刊物《中国呼声》，史沫特莱曾于1934年接受了美国共产党的一笔资金，以期维持期刊一年的运作与出版。但是，史沫特莱却将其中相当大部分的钱用于资助鲁迅购买珂勒惠支的作品并出版《版画选集》。[②] 有研究指出，因为史沫特莱滥用美国共产党委托的活动资金，最终导致她和共产国际以及听从共产国际指挥的美国共产党关系的全面破裂，史沫特莱也不得不从上海撤出，途经西安转

[①] 鲁迅：《答徐懋庸并关于抗日统一战线问题》，《鲁迅全集》第6卷，人民文学出版社2005年版，第554页。
[②] Ruth Price, The Lives of Agnes Smedley (Oxford University Press, 2005), p.265.

赴延安。[①]或许还可以这样反过来理解，正是由于史沫特莱并不认同美国共产党1935年针对日本和中国的政策，正是由于和她一起工作的鲁迅坚持从太平天国到红军长征的中国革命路线，正是由于他们能够认识到左联存在的重要性才导致史沫特莱和美国共产党及共产国际关系的最终破裂。《版画选集》的出版在苏共和美共看来之所以有问题并非仅仅缘于经费的挪用，而在于它表达了史沫特莱和鲁迅对于中国以农民为主体的革命道路及组织化的信念。就在左联解散的1936年，鲁迅用出版《版画选集》的方式来告诉中国的读者，欧洲曾经的革命之所以失败便是由于其缺乏强健的组织和明确的领导，未能够认清革命的主体，被小市民背叛的无产阶级最终没有获得领导权。《版画选集》中的《织工》组画和《农民战争》组画很好地回应了徐懋庸认为鲁迅被"分离运动"所骗的误解。[②]

[①] Ruth Price持这种观点。刘小莉在《史沫特莱与中国左翼文化》中也持这种观点。
[②] 鲁迅：《答徐懋庸并关于抗日统一战线问题》，《鲁迅全集》第6卷，人民文学出版社2005年版，第547页。

虽然珂勒惠支在文艺思想层面和中国相遇首先发生在一个超"目的意识"的语境中，借助的正是德国和日本对于倾向性艺术和唯目的意识论的反思，但是这最初的"意义"早就在作品进一步的流通和《版画选集》的出版过程中发生了变化，到《版画选集》1936年刊印时它最终体现出的反而是鲁迅和史沫特莱在探寻中国革命道路过程中越来越清晰的"目的意识"。在鲁迅刚刚接触到珂勒惠支的1928年，中国则刚刚经历了第一次国共统一战线的破裂与上海党组织的溃败。世界革命以及中国的社会革命将由哪种力量来领导、具体的革命道路应该如何走尚未有定论。当时所谓的"科学的"文艺理论也未必有多"科学"。不但参与者有"第三种人"，丛书的选择也经常更换，霍善斯坦因的艺术社会学和弗理契的《艺术社会学》和《唯物史观的文学论》到临近出版时却已经遭受批判了。真正的"科学的"无产阶级文艺理论尚未成立。可以说，正是在这样的契机中，珂勒惠支的艺术借助日本文艺理论到达了中国。

这一方面自然与起初中国的马克思主义理论化程度不高有关，另一方面自然是像本文在第二部分所讨论的那样，与当时的世界无产阶级革命的情势并不明朗、革命的主体与领导权都尚未最终确立有关。但是，与其说珂勒惠支艺术进入中国的起点是"非科学"的无产阶级文艺理论，毋宁说如果直面中国革命的现实，"科学的"无产阶级文艺理论尚早了。大革命失败之后，中共的革命路线也在不断调整，中国社会性质论战和各种农村社会调查也都尚未开启。

关于"科学的"无产阶级文艺理论，日本鲁迅研究专家丸山升曾批评过日本的无产阶级文艺理论家藏原惟人，说他道路最终的结果是从"党"来寻求作家主体性的正确的保证，这是日本马克思主义的典型思路，也是一路冒进的日本无产阶级文学理论的必然的理论归结。而与此相对的是鲁迅的强韧精神，他"在自己陈腐古旧之际，能借助一种'突变'突进到新的天地"。[①]正如本文所揭示的那样，当不那么"科学的"珂勒惠支进入中国后，《版画选集》在具体的流通渠道中发生了彻底的意义变换，在革命的挫折和重组的

---

① 丸山升：《鲁迅·革命·历史》，王俊文译，北京大学出版社2005年版，第19页。

过程中，在越来越清晰的"目的意识"和组织形成的过程中"突进"到新的天地中去了。

与德国和日本的文艺论争将革命的"潜意识"放在了"目的意识"的对立面上的解释不同，鲁迅不但看到了珂勒惠支与广阔革命世界的紧密关联，感受到了她对革命"潜意识"的召唤力，更能在左联组织遇到危机的时刻发现珂勒惠支的魅力和价值，注意到她在1920年代通过在柏林工人区域的实际工作中所获得的艺术上的飞跃正是一种"目的意识"的体现。和珂勒惠支相似，鲁迅也将与强烈的生命体验、社会实践、深层感情相关联的"非科学"的艺术表达"突进"到无产阶级文艺组织的内部，并使其成为有"目的意识"的组织活动的一部分。他们不是从理论出发，也不是在无产阶级斗争的理论内部走向"目的意识"，而是怀揣着自己的肉身，走过了理论无法完全描述的鲜活现实，从"经验"和"实践"丰富了分析性理论领域的"目的意识"，并突进到了"目的意识"的彼方。

（本文原刊于《中国现代文学研究丛刊》
2021年第4期）

路杨

个人简介

路杨，1987年生，女，北京大学文学博士，博雅博士后，任教于北京大学中文系当代文学教研室，现为助理教授、研究员。德国图宾根大学访问学者，中国现代文学馆特邀研究员。研究领域涉及中国现当代文学史、当代文学与文化批评。在《文学评论》《文艺研究》《中国现代文学研究丛刊》等学术期刊发表论文数十篇，并有论文被《新华文摘》《人大复印报刊资料》全文转载。获评第十一届唐弢青年文学研究奖、第十二届丁玲文学奖（文学评论类新锐奖）、《中国现代文学研究丛刊》优秀论文奖、北京大学优秀博士论文、北京大学"学术十杰"。

授奖词

路杨的《经验、情理与真实——再论古元延安木刻的风格"转变"》深入细致地分析了古元木刻开掘新生活与旧形式的创作经验,指出古元的形式探索真正关切的是如何通过扎实创作,构造富于情感性的艺术"细节"与有条件的"真实",从而在根本上贴近农民的生活经验、情理结构与身心感觉。

■ 经验、情理与真实
——再论古元延安木刻的风格"转变"

一 问题的提出：古元延安木刻的"变"与"常"

关于古元延安时期的木刻创作，研究界多强调其 1942 年前后从"黑古元"到"白古元"的风格转变。在 1950 年代到 1960 年代的一系列自述性文字中，古元曾记录下这段延安时期的创作经历。在一篇题为《到"大鲁艺"去学习》的文章中，古元谈到他接受了农民群众对于木刻创作的批评与意见，从而调整了自己的创作风格：

> 老乡们对于一些不喜欢的东西便直率地提出意见。比如对一些木刻技法处理不妥当的地方，他们说："为啥这人脸半边是白的那半边又是黑的？""脸上为啥画上这许多道道？""乌黑一大片的咱们看不明白。"他们批评得很好。这里由于我把从学校或外国书本上学来的一套

木刻技法硬搬到这里来,这一套洋里洋气的东西是不会被这里的群众完全欢迎的。毛主席早就在谈到继承和借鉴时,批评过硬搬和模仿,通过在群众中的检验,更加体会到这句话的确切。以后,我就根据群众的意见,参考我国民间绘画和装饰艺术的传统,"忍痛"舍弃不合群众口味的那些生搬硬套的手法,探索着群众喜爱的艺术形式。《离婚诉》《结婚登记》和《哥哥的假期》等作品,都是经过返工,重新创作出来的。经过这样不断的努力,才逐渐形成我那一时期作品的风格。[①]

古元1940年6月自鲁艺艺术系毕业后,即前往延安县川口区碾庄乡参加农村基层工作,与当地农民共同劳动、生活长达十个月之久。这里所谓"从学校或外国书本上学来的一套木刻技法",指的是古元在鲁迅艺术学院学习期间,以鲁迅编选和引介的《珂勒惠支版画选集》《麦绥莱勒版画集》以及

---

① 古元:《到"大鲁艺"去学习》,《美术》1962年第4期。

一本《苏联版画集》作为最初的艺术资源所习得的木刻技法，这也是胡一川、力群等更为成熟的版画家作为教员，将1930年代左翼新兴木刻的经验带入鲁艺后形成的普遍风格。1942年，经过文艺整风运动，鲁艺的艺术教育方针开始从之前"关门提高"的"正规化""专门化"倾向调整为面向群众的"普及"与"实际工作"[①]。而此时的古元早已结束下乡，返回鲁艺将近一年。1942到1943年间，古元开始有意识地重刻自己1941年的一系列作品，根据老百姓的意见逐步剔除掉那些源自西欧木刻与左翼新兴木刻传统中用于表达明暗关系的阴影与线条，同时借鉴中国传统的民间木刻技法，使画面整体变得更加明亮，也更加通俗。所谓从"黑古元"向"白古元"的转变，描述的正是这一艺术形式上的调整。

对于古元这一时期木刻创作的论述，既有研究大多沿袭了古元在这篇自述中的说法，不仅将古元在碾庄成功的下乡经验溯源至毛泽东从"小鲁艺"到"大

---

① 周扬：《艺术教育的改造问题》，《解放日报》1942年9月9日。

鲁艺"的倡导，还进一步将1942年的文艺整风运动作为古元木刻风格转变的"分水岭"[①]。事实上，早在1943年大规模的文艺下乡运动展开的同时，以时任《解放日报》总编辑的陆定一的说法为代表，古元这一时期木刻创作的新变就已被视为"整风运动在艺术领域的一个大收获"[②]。同时，陆定一还将古元1940到1941年间的碾庄下乡经验树立为"真正的文化下乡的道路"，号召广大文艺工作者研究和学习。[③] 就鲁艺艺术教育方针的自我改造以及鲁艺的木刻工作在农民接受中面临的现实困境而言，文艺整风与下乡运动的确构成了古元木刻风格转变的整体语境。但在这一侧重于描述"转变"的断裂性叙述中，有两方面问题值得辨析。

一方面，与"赵树理方向"相类，陆定一对于古元的发现显示出某种先导性的个人实践与后发性的政

---

① 参见胡斌《视觉的改造：20世纪中国美术的切面解读》，广东人民出版社2016年版；周爱民《延安木刻艺术研究》，河北教育出版社2009年版；高颖君《"反现代"的现代性——延安版画的艺术特征》，《美术学报》2015年第5期。
② 陆定一：《文化下乡》，《解放日报》1943年2月10日。
③ 同上。

党路线之间的"暗合"。古元对自己创作道路的回顾主要是在 1949 年之后，在此之前，除了美术作品之外，古元几乎没有创作谈之类的文字见诸报刊。这些写于 1950 到 1960 年代的回顾性文章几乎都提到了古元到碾庄下乡的这段经历。"到'大鲁艺'去学习"的说法，正始见于古元 1962 年发表的那篇《到"大鲁艺"去学习》。文章开头记述了古元 1940 年夏天从鲁艺毕业时，毛泽东会见全校师生并提出了"到'大鲁艺'去学习"的指示，几天后古元等人便"遵循着毛主席的教导"下乡工作了。① 此后，关于古元创作道路的论述大多采用这一说法，将古元的这次下乡经验归之于对毛泽东这一指示的遵循。但古元的这一记述存在诸多不确之处。此前，古元发表于 1950 年的《在人民生活中吸取创作题材》以及 1958 年的《回到农村去》在记述这段下乡经历时，都没有提到这次重要的会面（后文也只是记述了院长周扬在其临行前的嘱咐）。据《毛泽东年谱》，1940 年 6 月 9 日，毛泽东的确出席了鲁艺成立二周年纪念大会并发表讲

---

① 古元：《到"大鲁艺"去学习》，《美术》1962 年第 4 期。

话，但未留下讲稿，年谱中所记讲话要点也未提及"大鲁艺"等语。而古元1962年的这一记述中毛泽东指示的具体内容则与1942年5月底毛泽东在鲁艺的讲话内容高度一致。① 虽然并不排除毛泽东可能在正式讲话后又与鲁艺师生有过交谈，但在当时与古元一同分配到碾庄下乡的同学孔厥、葛洛等人的记述中却没有谈到这次会面；② 在其他鲁艺师生如张庚、钟敬之、罗工柳等人的回忆文章中，他们第一次听到"大鲁艺"的提法则皆是在毛泽东1942年5月的讲话中；③

---

① 1942年5月30日，即延安文艺座谈会结束一周后，毛泽东受周扬的邀请，又专门到鲁艺做过一次面向全校师生的演讲。在演讲中，毛泽东指出："你们现在学习的地方是小鲁艺，还有一个大鲁艺，还要到大鲁艺去学习。大鲁艺就是工农兵群众的生活和斗争，广大的劳动人民就是大鲁艺的老师。你们应当认真地向他们学习，改造自己的思想感情，把自己的立足点逐步移到工农兵这一边来，才能成为真正的革命文艺工作者。"见中共中央文献研究室编《毛泽东年谱：一八九三——一九四九》（修订本）中卷，中央文献出版社2013年版，第384页。
② 参见孔厥《下乡与创作》，《人民日报》特刊，1949年7月13日；葛洛《古元之路——记青年古元的一段经历》，《古元纪念文集》，人民美术出版社1998年版。
③ 参见张庚《回忆延安文艺座谈会前后"鲁艺"的戏剧活动》，《延河》1962年第3期。

此外也并未见到其他关于毛泽东在1940年6月提出"大鲁艺"等语的记载。由此可以推测,古元的这一记述可能存在记忆上的误差。而从古元在中央美院任教数十年来反复教导学生要"到'大鲁艺'去学习"[①]来看,他的确非常真诚地认同毛泽东这一主张。或者说,延安的艺术教育对于深入现实、深入群众的要求对古元的确存在深刻的影响,而毛泽东在文艺整风中提出的这一主张与古元自身创作经验的高度契合,使古元得到了理论上和政治上的自我确证,因此也就反过来构成了古元表述其创作道路时自我追认的思想资源与话语资源。在这个意义上,讨论古元这一时期的风格转变就不仅需要考量文艺整风对艺术家的要求与影响,古元从碾庄到鲁艺的形式探索作为一种"被发现"的理想实践形态所具有的自觉性与能动性,也值得我们重视。

另一方面,这一从"黑古元"转向"白古元"的断裂叙事,或许过于强调古元对"群众观点"的接受

---

① 参见古元的自述及其学生的回忆文章,如古元:《没有劳动人民的气质画不出好画——古元在中央美院开学典礼上的讲话纪要》,《美术》1959年第3期。

与采纳，以及对民间形式的借鉴与模仿，而古元自身的创作经验与形式机制中具有创造性与延续性的部分则被或多或少地忽略了。正如有研究者所指出的那样，我们既不能把古元处在延安文艺座谈会之前的碾庄经历简单地视为"对政策的反映"，"亦不能据古元在《讲话》之后的艺术变革而忽视甚至否定前面的探索"。[①]更进一步讲，古元在碾庄时期形成的某些重要的形式机制也没有因文艺整风而中断，而是在一种细腻的形式改造路径中保存了下来，呈现为一种割舍不掉的延续性特征，这恰恰是值得我们进一步推究的。更重要的是，在对民间木刻技法与传统艺术形式的借鉴背后，如何调适新的文化政治生活与旧形式之间的关系，也可能会构成古元进行形式变革的一大难点。这既是古元延安木刻的丰富性与复杂性所在，也提醒我们重新审视，在这一时期所谓的风格"转变"之下，到底是什么在变，如何变，转变的内在机制、方向、标准、限度与困境如何？

---

① 郝斌：《古元碾庄艺术实践的经验》，《中国文艺评论》2017年7月。

二 情感性的"细节"与有条件的"真实"

事实上,在碾庄下乡时期,古元的木刻虽使用了来自西洋木刻的技法,但还是深受当地百姓的喜爱。据古元回忆,碾庄的农民喜欢将古元的木刻贴在炕头上,供劳动之余欣赏与品评:

> 他们把我送给他们的木刻画张贴在炕头上,每逢劳动后归来,坐在热炕上,吸着旱烟,品评着这些画。我在旁边倾听他们的评论:"这不是刘起兰家的大犍牛吗,真带劲!""画的都是咱们受苦人翻身的事,咱们看得懂,有意思。"观众的笑容引起我内心的喜悦,我享受着创作劳动的愉快。有时,他们提出很好的建议。有一次,一位老乡指着《羊群》那幅画说:"应该加上一只狗,放羊人不带狗,要吃狼的亏。"另一位老乡补充说:"放羊人身上背上一条麻袋就带劲了,麻袋可以用来挡风雨,遇到母羊在山上产羔,就把羊羔装进麻袋里带回来。"我就依照他们的指点在画面适当的地方加上一只狗;又在放羊人的

手上添上一只出生不久的小羊羔。经过这样修改后,比原来的好得多了。[①]

从这段生动的记述中可以看出,农民审美趣味的核心首先在于对自我日常生活形象的辨认,既要"看得懂"又要"有意思",而"带劲"这一强烈的审美快感恰恰来源于画面中生活细节的真实感和丰富性。农民观众在给古元《农村小景》系列木刻中的一幅《羊群》提出的修改意见,其实也是从这两方面出发的。然而值得注意的是,古元最终在定稿中选择增补的部分,除了远山上的放羊狗之外,并未直接依照老乡的建议给放羊人添上一条麻袋,而是选择在放羊人手中添上了一只刚出生的小羊,并以此结构起了画面的主题中心:牧童怀抱着新生的羊羔,在羊群的簇拥中大步流星地赶回羊圈,一种劳动的快乐和收获的喜悦可谓跃然纸上。

《羊群》的这一修改过程往往被作为古元吸收群众意见改进创作的典型案例而为研究者所乐道,但古

[①] 古元:《到"大鲁艺"去学习》,《美术》1962年第4期。

元面对农民的诸种建议而做出的这一细腻的选择与创造过程却并未得到足够的重视。换言之，在画面上增添羊羔而非麻袋，意味着古元不仅是为了增加刻画"放羊"这一农牧劳动的真实性，更在此基础上增添了画面的可看性与情感性。事实上，在以《农村小景》为代表的碾庄创作中，古元总是能从农民劳动生活的日常情景中发现这些蕴含着情感容量的细节，并以此为中心，构建起一种"关系"式的人物结构与图像叙事。《农村小景》中的另一幅木刻《家园》（见图1），表现的是一位农妇带着孩子去拾麦穗，在回家的路上驻足片刻的画面。这幅画的场景取材于古元当时居住的乡政府窑洞的隔壁、农民刘起生家的窑垴头和下面的牛圈。[①]这幅木刻对环境的刻画非常细致，以从窑顶上延伸下来的斜坡为界，窑洞和坡上的人物各自占据着画面一角的重心，又以木栅门、草棚、砖石铺成的线条之"满"与人物背后的天空和远山之"空"搭建起整体的黑白布局。和《羊群》一样，古元同样选取了一个细节别致、充满意趣的生活时刻：农妇一手

---

① 靳之林：《古元同志回碾庄记》，《美术研究》1994年第2期。

图 1　古元《家园》（1940）

挎着装满麦穗的篮子，一手牵着孩子，孩子的另一只手里攥着一把拾来的麦穗，一头小猪则紧随其后，追着孩子手里的麦穗。农妇和孩子在体态上还欲向前行走，孩子却被这只悄悄造访的小猪拉住了，两人半吃惊半好笑地回头望着它，小猪却咬住麦穗不放。正是这个牵牵扯扯、充满张力与连动感的时刻，增添了画面的叙事性，构成了这幅木刻形式趣味的来源。更有意思的是，这还并不是这幅画里唯一有趣的细节：坡上坡下，还另外散落着几只在地上找食吃的猪和鸡，其中一只鸡仿佛也发现了坡上发生的这一幕，正伸长了脖子盯着看。可以想见，这很可能是在一个"日之夕矣"的傍晚，家禽家畜等不及劳动归来的主人只好自己四处觅食，并被一只聪明的小猪抢了先机。这既是乡村生活中带有偶然性的小小戏剧，又是常常发生、合情合理的生活即景。在这些丰富、饱满而又相互呼应的细节里，人与土地、原野、粮食、动物共享着同一个浑融而整全的时空，仿佛在用同样亲近的眼光打量着彼此。流淌在画面中的是一种亲切而细腻的情感语言，正如这幅木刻的标题所提示的那样，它揭示的是生活在同一个"家园"中，彼此分享、相互依存的情感结构。

从古元碾庄时期的创作中我们可以发现,古元的写实从一开始就不是自然主义式的逼真模仿,而是一种有条件的真实。古元对于画面细节的选取和表现,往往是出于对"生活情趣"[①]的捕捉,即重视日常生活细节中的情感性与趣味性,因此能够得到农民的认可和喜欢。但正如古元在《到"大鲁艺"去学习》一文中追述的那样,由于在具体线条和明暗关系的表达上仍保留着西方木刻的技法,古元的木刻还是造成了农民接受上的障碍。农民观众显然不能理解木刻人物脸上表现阴影与皱褶的色调和线条,而这也是同时期鲁艺木刻工作团在晋东南前线进行木刻宣传工作时所遇到的共同问题。农民不仅无法理解西洋木刻技法中的明暗关系与黑白布局,对于整个西洋绘画所内在遵循的透视法、解剖学、构图学、色彩学其实都存在认知上的隔阂。换言之,在审美趣味与接受习惯的差异背后,其实是认识世界的不同方式。对于农民而言,

---

① 在古元的创作谈中,"生活情趣"也是个被经常提及的概念,是"使艺术作品具有感染力"的重要因素。见古元《创作琐忆》,《西北美术》1991年第1期。

他们更习惯于擅用线条、平涂色彩、多点透视、不重背景的中国画或民间画法，而无法理解光影明暗、色团色块、焦点透视、近大远小、背景环境等西洋画的表现形式。然而，在1941年前后，尽管胡一川、彦涵、罗工柳等人已经意识到了这些问题并开始积极寻求新的形式，但在当时正倾向于艺术教育"正规化"的鲁艺那里，木刻工作团的这些新尝试却并未得到足够的重视和肯定。[①] 在如何利用"旧形式"创造绘画的"民族形式"的问题上，仍然存在着到底哪一种画法才更"真实"、更便于群众接受的争论。

1941年12月，江丰便撰文提出"看懂的条件是肖似，最能达到肖似的，是新形式而非旧形式"，他坚持认为西洋画法才"真是实的描写"。在江丰那里，老百姓之所以会有"为什么把人脸画得一面黑一面白？把树叶画成团块？把人画得比山还高？"这样的疑问，是"由于知识简陋和不习见"；而"一般事物正常的发展规律，只有进步的东西才能融化落后的

---

① 周爱民：《"马蒂斯之争"与延安木刻的现代性》，《延安木刻艺术研究》，河北教育出版社2009年版，第220页。

东西，后者必须服从前者"，因此简单地认为，只要向老百姓加以解释，"就不会看不懂"[①]。江丰的这一表述显然忽略了不同文化传统中的观看者在认知装置上的根本差异。事实上，农民在欣赏绘画时，"首先注意的是内容"[②]，他们对于"真实"的认知与判断在于画中的形象有无现实根据，是否合乎农村生活的日常经验和伦理限度，而农民眼中的"美"也是首先建立在这样的"真"的基础之上的。农民对于生活形象的观看方式显然不同于焦点透视所要求的那样，站在某一个固定视点去观察事物，而是散点化甚至全景式的。因此对于农民而言，焦点透视看到的光影明暗是可以通过变换视点位置而消除的，自然也就不能算作事物的真实形象。与之相关，农民喜欢的图像表达也就不是从某个固定视点出发看到的"真实"，而是基于事物本身的"内容真实"所做的审美提炼或综合。蔡若虹曾记述过一段与农民的对话：

---

① 江丰：《绘画上的利用旧形式问题》，《解放日报》1941年12月2日。
② 《关于年画》，《解放日报》1945年5月18日。这是一组由四位美术工作者分别撰写的年画创作总结，引文出自其中第四篇罗工柳的总结。

"你看看我的脸上,这半边不是比那半边亮一些吗?那半边不是比这半边黑一些吗?"

"我知道,我看得见。"

"我这鼻子下面,我这下巴下面,不是黑乎乎的一片吗?"

"我看得见。"

"那为啥我画出来你还说是阴阳脸呢?"

"看得见的,不一定都要画出来嘛!"

"为啥不画出来?"

"不好看,不美。"[1]

在这段对话中可以看出,农民并非看不到江丰所谓的"真实",但如果这种"真实"有违事物直观的"真实",就无法激发农民观众的审美体验。鲁艺的美术年画研究组在收集农民群众对新年画的反映时就曾发现,虽然"群众不满足于质朴的'画得像',更要求'俊一些'",但"美化要根据事物实际的特征,

---

[1] 蔡若虹:《鲁迅与年画的收集和研究》,《延安鲁艺回忆录》,光明日报出版社1992年版,第397-398页。

不能超过尽情合理的一定限度",否则就会引起"这些脸孔太红了,不像真人""生了五个娃娃的婆姨,哪里还有这样年轻?""一满是资本家,受苦人哪像这样妖里妖气!"这样的批评。[1] 质言之,对于中国传统农民的认知方式与欣赏习惯而言,"经验"和"情理"才是艺术"真实"的主要限度。

三 经验与情理:农民眼中的"真"与"美"

并不喜欢也并不擅长理论表述的古元在这一时期并没有关于如何利用"旧形式"的文字见诸报刊,但在1942到1943年之间,古元显然更加重视碾庄农民关于木刻技法的批评,特别对其1941年的一系列作品进行了修改性的重刻以寻求一种新的木刻语汇,开始从技法着手向农民看待世界的方式和标准靠拢。如果说,江丰实际上是以"科学"话语的方式在中国/西方、乡村/城市、传统/现代两类观看者不同的认

---

[1] 王朝闻:《年画的内容与形式》,《解放日报》1945年5月18日。

知结构之间建构起了某种"进步"与"落后"的等级判断,因此面对如何消除"老百姓与'高级艺术'之间的距离"①这一问题,江丰给出的方案其实是通过解说和教育改造群众的认知方式,使其接近外来的艺术形式。那么古元的选择恰恰是通过接近农民的认知模式,反过来改造艺术形式本身。

根据农民的意见,古元借鉴了民间木刻年画以阳刻为主的技法传统,将西洋木刻的黑白趣味转向明快的单线,也吸收了传统复制木刻、民间绘画和装饰艺术中喜庆凡俗的情感风格。已有研究大多强调古元的木刻风格在这一时期发生的"急速转变":他重刻了1941年创作的《哥哥的假期》《结婚登记》《离婚诉》三幅颇有影响的作品,其中"重刻的《哥哥的假期》保持了画面原有的构图和人物形象,只是在刀刻技法上,更多采用了'阳刻'的方式,减弱光影层次变化,使画面明亮起来。《结婚登记》和《离婚诉》则是重新构图,重新安排人物形象,原作与新作相比在技巧和风格上完全是两样。在这两幅新作中,古元减弱了

---

① 江丰:《绘画上的利用旧形式问题》,《解放日报》1941年12月2日。

背景空间的描绘,以人物为中心,突出画面的故事性和情节性,在技法和风格上,由块面的光影层次向线条塑造转变,由多种繁复的阴刻刀法向单纯简练的阳刻刀法转变"[1]。然而需要辨析的是,这一转变其实并没有中断古元在碾庄下乡时就已形成的那些核心的形式机制,反而在叙事性、生活细节、对新情感的发现等关键点上延续甚至强化了这些经验。古元进行修改重刻的底本,选取的都是一些本身就具有叙事性,能够表现农民生活中的新事物、新风俗、新情感的作品。更重要的是,古元创作中丰富的细节并没有因线条和刀法的简化而减少,反而能够在删繁就简中提炼出更具有典型性的形象和道具进行重组。换言之,线条的减少并不意味着生活内容的缩水或表现力度的降低。例如在对《结婚登记》(见图2)的修改中,虽然极大地削减了对空间场景(乡政府办公室)的描绘,却通过对道具的提炼(信插、文件)明确地标示出了人物所处的环境,而人物表情和姿态的丰富化、对人

---

[1] 周爱民:《"马蒂斯之争"与延安木刻的现代性》,《延安木刻艺术研究》,河北教育出版社2009年版,第226页。

图 2 古元《结婚登记》修改前（上－1941）修改后（下－1943）

物关系的重新搭建，都显示出一种更加明确化与精细化的调整，以及对"内容真实"的重视。

在古元1943年重刻的《结婚登记》中，修改后的作品明显比修改前减少了排线的用法，为适应农民对明亮画面的偏爱，不喜欢阴影繁多、黑乎乎的画面色彩，古元不仅删减了以大量排线表现的空间场景，还调转了"镜头"的朝向，从一个横向铺开的中景构图集中到了原画面中心的近景，人物的位置安排也做了调整。但事实上，早在1941年的第一稿中，古元已经开始清洗人物脸上的线条和阴影，黑白布局也已有所调整，对"黑"的运用往往都分布在衣饰、物体的固有色上（如工作人员的深色上衣、墙上的挂包等），而不再是出于对阴影的表现。修改前，前来登记的姑娘身旁有一个好奇地趴在炕沿上仰着头张望的小孩子，本是这幅木刻中的传神之笔。但由于小孩子紧靠在姑娘身边，容易使人误解两者的关系，继而有可能使人将这个未婚女子误认为一位母亲。姑娘一条腿垂下，另一条腿蜷起，虽是陕北农民的常见坐姿，但略嫌随意，加之三个主题人物同坐在炕上，小伙子又坐在炕桌的内侧，与外侧的工作人员进行着眼神和语言上的交流,倒显得这对未婚夫妇更像是窑洞的主人,在接受工作人员的来访。这都可能导致农民(尤其是不识字、无法认读标题的农民)难以从中看出"结婚登记"的主题。因此从图像对主题内容的表达上来讲,就是"不够像"。修改后,未婚夫妇整体移至画面右侧,且空间较为疏朗。两稿中的姑娘形象都戴着花头巾,头发短而未束,与《离婚诉》中留着陕北妇女传统发髻的女性不同,表明这是一个未婚而且受过革命教育而剪了辫子的青年女子。但修改稿可能是考虑到画面的亮度以及陕北土布的样式[①],省去了初稿中女子棉袄上的花纹,只保留了一条纹路简单的花围腰,并且去掉了衣裤上大面积的阴影与排线,只以头巾和鞋子保留其固有色以形成黑白的对比与呼应。尤其是姑娘的形象由侧脸转为正脸,表情刻画也更为精确。其表情显得柔和、腼腆而带有笑意,安静地并拢着腿坐在条凳上,十分符合登记结婚时的小儿女情态。这一修改显然比初稿更符合新媳妇的身份和情感

[①] 1945年在总结"新年画"的创作时,罗工柳就曾提到一位乡支书看到年画上的胖娃娃后批评说:"这娃穿的是外边的洋花布,不像咱边区的娃娃。"见《关于年画》,《解放日报》1945年5月18日。

状态。而围观的群众与好奇的孩子则改在主题人物的另一侧,空间比较密致。孩子被围观的妇女拉在怀里,与新婚夫妇保持了足够的距离,小孩子揣着小手睁大眼睛的样子仍不失童真稚气,既不会引起误会,保证了主题,也不会减损画面的趣味性与丰富性。比较两稿中主题人物之间的位置结构,桌凳取代了土炕与炕桌,但墙上的信插仍然保留,桌子将未婚夫妇和工作人员分隔在两侧,小伙子站起来介绍情况,工作人员则伏案专心记录,正是一幅农民群众来乡政府办事的情景,不仅人物关系更加明确,空间特征也更为鲜明,画面的主题也就呼之欲出了。

从逼真性的角度来看,初稿在人物、环境描绘的细节和生活氛围上可能更具魅力,但是当这种逼真性影响到农民接受的时候,就需要考虑什么才是农民眼中的"真"和"美"。对于农民而言,西方现实主义绘画讲求的逼真性并不是"真实"的绝对标准,而古元对于真实感的追求则是以农民日常生活中的"经验"与"情理"作为标尺的。换言之,这种"真实感"并不是从一种教条的"现实主义"原则甚至自然主义的方法出发的事无巨细的模仿,而是要以农民眼中的

"真"和"美"作为参照的。因此，当古元意识到，在农民的认知结构中并不存在明暗光影的意识时，这种一味强调光影的"逼真"就必须被舍弃，而代之以明亮的色彩和单线阳刻的语汇。换言之，画面从"黑"向"白"的转变，表面上是对群众意见的听取或对传统形式的借鉴，蕴含的则是对农民看待生活与艺术的真实观的理解。更重要的是，对于"真实"和"情理"的细腻考量，又并非"剔黑为白"这么简单。考虑到农民对于内容真实的重视，古元必须重新选取和调动画面中的细节与空间关系，删改掉可能引起误解的枝蔓，以准确地表达出主题。在古元此后的很多创作中，我们会发现线条越来越简单，环境也越来越简略，甚至成为全无背景的"虚白"，人物越来越成为唯一的中心"在场"，图像叙事在日常经验上的合理性得以增加的同时，画面的可看性与情感性却并未降低，而是更凝练地集中于人物之上。从整体上讲，转变后的古元木刻表现出一种朴拙甚至是稚拙的风格，但仍然保留和延续了碾庄时期对于农民情感体贴入微的观察与捕捉，进而形成了一种新的、本土化的技法与风格语言。这既是源自古元对中国农民传统认知结构的理解和体贴，也有赖于上述这一具有延续性的、细腻的形式改造路径。

四　新年画的困境：旧形式如何表现新内容？

古元的这一形式探索并不是一个简单的、一蹴而就的过程，而必定是要在碾庄下乡的创作经验、农民观众的接受以及延安的文化政治要求等多重因素的互动之中，逐步展开摸索和反复调适的。从延安文艺复杂多样的接受语境来看，古元1942年后的某些木刻创作得到的评价其实并不稳定。陆定一在1943年2月10日《解放日报》第四版发表的头题文章《文化下乡》中高度赞许的那幅木刻年画《向吴满有看齐》（见图3），就面临着关于"真实性"的质疑之声。《向吴满有看齐》是古元利用旧年画中的"灶君画"形式创作的新年画。古元用劳动英雄吴满有的形象替代了旧年画中的灶王爷，意在以现实中的劳动者取代乡村民间信仰中的"神"，从而将丰衣足食、家畜兴旺的美好愿景与边区的革命翻身、大生产运动关联起来，而不必再依赖于对超验力量的祈望。然而，在关于对吴满有的刻画"像不像"的问题上，则有一些不同的声音。

1944年随中外记者团访问延安的英国记者G.斯坦因曾专访过吴满有，但据胡一川日记的记载，当周扬将古元的木刻年画《向吴满有看齐》拿给斯坦因看并问他像不像时，斯坦因却摇摇头表示不像。[①] 此外，作家萧军在1943年12月27日参加延安的劳动英雄选举大会时，也曾在日记中记录下他对吴满有的印象："吴满有中等身材，面貌显得机智，灵秀，动作轻便，不像一般画像与刻像那般沉重、苍老。"[②] 在上述那幅木刻年画之外，古元不止一次刻画过吴满有的形象。例如1942年8月13日的《解放日报》在刊登柯蓝的人物特写《吴满有的故事》时，配图就是古元为吴满有刻制的一幅木刻肖像。[③] 萧军的这一印象显然不

---

① 胡一川：《红色艺术现场：胡一川日记（1937-1949）》，湖南美术出版社2010年版，第374页。
② 萧军：《延安日记（1940-1945）》（下卷），牛津大学出版社2013年版，第587页。
③ 见《解放日报》1942年8月13日，原图无题，图下署名"古元刻"。

图3 古元《向吴满有看齐》（1942）

图4 沃渣《五谷丰登 六畜兴旺》（1940）

同于这幅木刻肖像中满脸沧桑的吴满有形象。与现存的吴满有的摄影形象比较来看，古元创作的木刻肖像突出了人物脸部层层叠叠的皱纹，木刻年画中的吴满有则高大挺拔，面相敦厚和蔼，周身围绕着丰收的庄稼与丰富的牲畜，作为装饰性的图案。与萧军的实感相比，这些木刻形象突出的是吴满有的质朴、勤劳以及命运巨变的沧桑印痕。沃渣1940年时曾创作过一幅题为《五谷丰登 六畜兴旺》（见图4）的木刻年画，已使用过类似的构图和农民形象，但古元年画中的吴满有增大了人物比例，更加突出了劳动英雄的中心位置。与沃渣画中衣着简单、头扎手巾、并拢双脚略显拘谨的农民形象相比，古元画中的吴满有则头戴厚绒帽、身穿一件翻出毛领的新皮袄，双腿分开稳稳站立，既显示出生活的富足，又透露出一种自信稳健的精神状态。从斯坦因访谈吴满有的描述来看，这与"穿着普通的工作服""身体结实，坚决而诚实的面孔，和善的笑容，眼神聪明和蔼，典型的中国农民"[1]的形

---

[1] [美]G.斯坦因：《红色中国的挑战》，李凤鸣译，希望书店1946年版，第60页。

象相比，或许存在外形上的差别，但实际上是基于相似的精神面貌做出了提升。换言之，比之于"形似"，古元可能更注重捕捉这种"神似"的真实性。与沃渣画中的普通农民相比，古元画中的吴满有则更能代表边区通过革命翻身、生产致富的新农民形象，这也更符合在大生产运动中应运而生的"吴满有运动"这一典型政治的内在诉求。

或许正是在这个意义上，古元的木刻年画《向吴满有看齐》得到了陆定一的高度肯定。在《文化下乡》一文中，陆定一将古元的《向吴满有看齐》作为"一个很好的范例"与"榜样"，号召文艺工作者学习。但在民族气派、中国情调、明朗快乐的画面以及对农民的热爱之外，陆定一更强调的是其中"新的内容"："古元同志以往的木刻，都注重写生，在写生中提高自己技术的修养，而《向吴满有看齐》，则有新的内容，这就是增加了鲜明的战斗的意义。在这张木刻里，古元同志把艺术与宣传极其技巧地统一起来了。"[①]在陆定一这里，古元刻画的吴满有具有一种政治与艺

---

① 陆定一：《文化下乡》，《解放日报》1943年2月10日。

术"典型"的意义。典型的塑造所追求的"真实感",也就不仅仅是经验的真实,而且是一种能够反映历史内容与历史发展动势的"更高的真实"。换言之,在农民观看者的真实观与审美趣味之外,解放区的劳模运动这一典型政治所蕴含的"真实性"问题也必须被纳入古元的艺术考量中。

然而具有悖论性的是,尽管并未见到有农民观众对古元刻画的吴满有形象报以"不真实"的批评,但这一借鉴"灶君画"格式的新年画思路在进一步的推广过程中,又暴露出了新的问题。鉴于"年画"这一民间艺术形式在农民群众文化生活中的接受程度与重要位置,1942年冬,鲁艺美术研究室专门成立了年画研究组,推动新年画创作。上述这类新年画创作的初衷在于以对劳动英雄的颂扬置换农民对灶王爷的迷信,然而在推广创作并进入边区市场后却引发了农民以为边区政府要供奉"新式灶爷"的误解。[①]1944年冬,延安、陇东等地利用灶君形式画的《全家福》年

[①] 参见余事《关于年画利用灶爷形式问题》,《解放日报》1945年3月22日;怡庐《关于年画(一)》,《解放日报》1945年5月18日。

画,将"古装的神神改成新装的老百姓",用扎着白羊肚手巾的农民替换了灶王爷的形象,却很少有人买,因为"真正迷信的老百姓不买它,因为他们觉得那不像神神","不迷信的老百姓也不买它,因为它到底像灶君,而不是他们所喜爱的美术品,所以关中的老百姓就说:'这是咱边区的灶爷'",这样的年画显然"没有起反迷信的作用,倒是起了迷信的效果"[①]。为此,鲁艺年画研究组专门组织了关于新年画的内容与形式问题的调查与讨论,并由不同的艺术工作者执笔,分多篇文章刊发在1945年4月到5月的《解放日报》上。罗工柳就曾记录下马栏的百姓对于"新式灶爷"《全家福》的议论:"公家不信神就不信好了,为啥这样糟蹋人,把灶神当二流子,扎上白手巾,强迫去生产!""公家生产的办法可想扎了,在灶爷身上也打了算盘。"[②]换言之,农民并非感受不到新年画背后"动员生产"的政治寓意,他们反感的是将这些新内容直接植入旧形式而导致的不伦不类,既不协

---

① 力群、王朝闻、古元、江丰、彦涵、祜曼:《关于新的年画利用神像格式问题》(力群执笔),《解放日报》1945年4月12日。
② 罗工柳:《关于年画(四)》,《解放日报》1945年5月18日。

调也不合理。文艺工作者在调查中发现:"群众的要求是表现他们自己的生活和生产,有美丽的颜色就好;神不神,人不人,他们都不大喜欢。"[1]

距离古元1942年创作的《向吴满有看齐》,这场关于新年画如何利用神像格式的讨论发生在三年之后。然而回过头来重新审视这幅木刻年画,我们会发现,古元最初对"灶君画"形式的借用显然不同于1945年的《全家福》,而是包含了很多细致的形式考量。沃渣的《五谷丰登 六畜兴旺》以及后来的《全家福》皆是以头扎白手巾的劳动者作为中心形象,然而古元在《向吴满有看齐》中其实并没有直接表现"劳动"。在沃渣那里,画面中心一手执镰刀一手握麦穗的农民两侧,还各刻绘了一个怀抱大捆作物的农民,虽然着重表现的也是丰收的喜悦,但仍是以劳动的形式展现的。而古元年画中的吴满有身着大皮袄,头戴厚绒帽,双手放松自然下垂,更像是一个自信、富足、在冬闲时节安享丰收之乐的农民形象。换言之,古元在年画中选择呈现的不是"劳动"本身,而是劳动带

---

[1] 怡庐:《关于年画(一)》,《解放日报》1945年5月18日。

来的财富、丰裕与安闲，是一种饱满、自足的精神形象，因此也就更吻合于"灶画""年画"这类在农闲、节庆时分使用的艺术形式所蕴含的生活愿景与文化功能。换言之，生产劳动的意义在这里被转化为一种关于"丰裕"与"安适"的想象，而不是作为直白的动员或宣传被生硬地置入旧形式当中。正是在农民生活的经验、欲望和情理的层面，古元找到了新内容与旧形式之间的契合点。

在1942到1943年间，除了灶君画的形式，古元还借鉴过多种民间年画的格式。1943年创作的套色版画《讲究卫生》《人兴财旺》（见图5）融合了对开镜像式的"门画"构图与"麒麟送子"的图式，用抱着谷子、麦穗的边区儿童取代了传统年画中怀抱幼儿的童子形象。男童手持红缨枪，女童手托白棉线，各自斜挎的背包上缀着红五星，图像顶部荷花图样团簇着红色绸带，分别书写着"讲究卫生"与"人兴财旺"的字样，将边区的卫生运动、识字运动、妇纺运动、生产与战斗相结合等新生活、新民俗的元素都融合进了画面当中。而鲜艳明朗的套色，健康、喜庆的新儿童形象与"麒麟送子"图式的结合，又迎合了老百姓

图5 （左）古元《讲究卫生》1943

图5 （右）古元《人兴财旺》1943

对于红火、吉利、人丁兴旺等美好寓意的向往。同年，古元还借鉴凤翔年画《纺织图》的构图形式创作了套色木刻《拥护咱们老百姓自己的军队》（见图6），以一种全景叙事的方式，将画面划分为几个彼此关联的水平空间，把老百姓赶着牛羊、扭着秧歌慰劳军队、转移伤员、为战士送饭、欢送子弟当兵、帮助抗属建立家务等多个空间情景并置在一幅画面当中。整幅木刻精心刻画了32个姿态神情各不相同的人物形象，充斥着各种富含情感性的细节，例如慰劳部队时老农与战士紧握的双手，守卫村庄的战士微笑着正要接过大娘送来的饭食的瞬间，百姓和战士下意识地靠近彼此的身体姿态，都蕴含着一种军民之间彼此亲近、信任的情感关系；而为保卫村庄安扎的帐篷、担架上的伤员以及最下方图像中失去一条腿的军人，则以一种细腻的方式传达出军队为保卫群众和村庄付出的血汗与牺牲。由此，古元将旨在指导边区群众如何"拥军"这一单向的政治教育，转化为了一种"军爱民""民拥军"，百姓与军队之间双向互动的情感过程与血肉联系，具有一种"动之以情、晓之以理"的感染力与说服力。

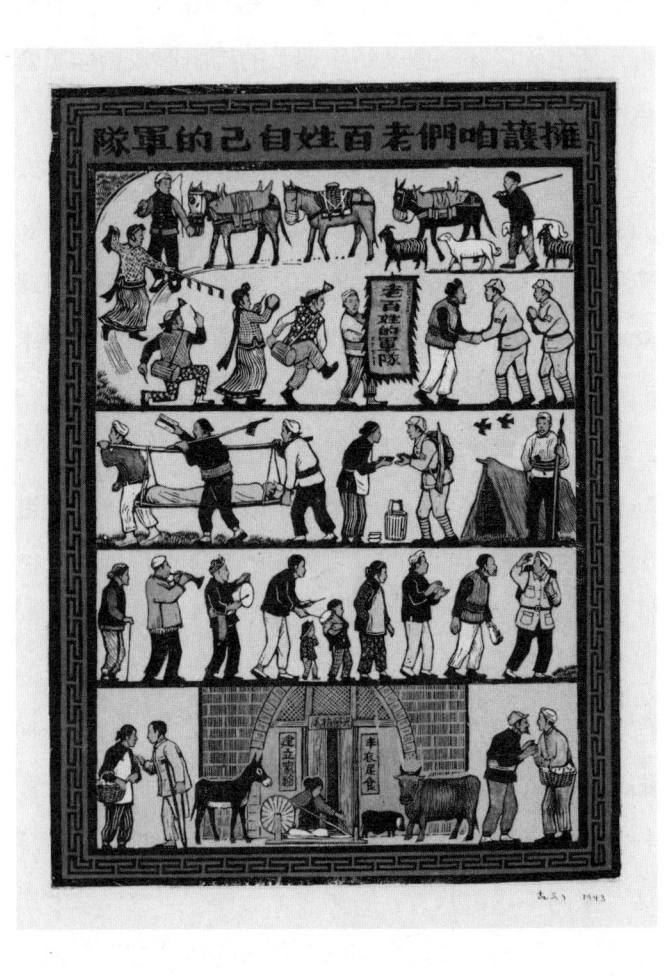

图6 古元《拥护咱们老百姓自己的军队》(1943)

到了1945年春，《全家福》的创作者同期创作的另一幅新年画《拥军图》也采用了和古元相类的构图形式，却显然没有继承古元那种"入情入理"的形式内核。正如创作者自己反思的那样：《拥军图》"原来是根据拥军公约画的，这张图只告诉人家应该如何拥军，但为什么拥军是没有说明的。今天八路军和人民一同战斗生产，牺牲流血保卫人民的生命财产，军队与人民之间的关系已经是血肉不可分离的了……这样一个全面的关系，在《拥军图》中并没有表现出来。这就是从政治口号出发，而不从表现群众的具体生活出发的结果"[1]。1945年，古元已成为鲁艺美术系教员与创作组长。在鲁艺关于新年画的讨论文章中，古元的名字虽也在集体署名中出现，但也很难辨认其中哪些意见具体源自古元的个人经验。我们也无法确证，这种推广新年画的形式困境和激烈的讨论是否也给古元带来过某种压力，但就目前笔者可见的材料，古元在1945年确实没有再创作过木刻年画。饶有意

---

[1] 实验学校通讯：《年画创作中的点滴经验》，《抗战日报》1944年12月2日。

味的是，这场讨论最终得出的很多结论，实际上在古元 1942 到 1943 年的木刻创作中早已得到过成功的实践。然而在新年画的推广中，来自民间艺术传统或旧形式的木刻语汇、图式风格虽然最容易被习得，古元在新政治、新生活与旧形式之间开掘出的那种经验与情理上的关联性，却并没有得到有效的继承。这既是古元这一时期形式探索的超前之处，也是延安木刻在寻找"民族形式"过程中长久面临的困境所在。

结　语

对于古元而言，如何利用"旧形式"或如何创造"民族形式"这样的理论命题，或许并不构成其艺术实践的核心关切。如何贴近农民的生活经验、情理结构与身心感觉，才是古元在形式探索中需要面对的切实问题。对于形式的选择与变革而言，这一问题既会带来困境，也能激发创造。在这个意义上，古元这一时期形式实践的多元性或许也可以得到某种解释。换言之，古元并不是在诸如单线平涂语汇、传统年画格式或者民间木刻技法之类的某一条确切的形式道路上找到了转变的方向，而是基于这一根本问题，向各种各样的形式传统与艺术风格敞开。

艾青曾谈到古元木刻"令人感动的真实"，不仅因其"具有高度地获取物体真实形象的能力"，更因其"如此融洽地沉浸在生活里"，"如此亲切地理解了现实"[1]。在古元 1942 年后的探索与转变中，无论在形式资源或技法上的选择如何，这种与农村日常生活及情理构造紧密贴合的创作机制并未发生改变，一个处在变革与建设中的乡村图景也正是由此同步地、有机地展现出来。

（本文原刊于《中国当代文学研究》
2021 年第 6 期）

---

[1] 艾青：《第一日（略评"边区美协一九四一年展览会"中的木刻）》，《解放日报》1941 年 8 月 18 日。

朱羽

个人简介

朱羽，1981年生于上海，文学博士，中国现代文学馆特邀研究员，现任教于上海大学中文系。主要研究领域为20世纪中国文学、文化与思想，近年来尤其关注新中国文艺实践与美学论争，同时从事中国现当代文学批评实践与文学理论研究。出版专著《社会主义与"自然"——1950-1960年代中国美学论争与文艺实践研究》（北京大学出版社，2018），已在《文学评论》等期刊发表论文多篇，主持国家社科基金一般项目《批评史脉络中的十七年文学人物形象审美谱系研究》，曾获第十一届唐弢青年文学研究奖，译有《连线大脑里的黑格尔》（齐泽克著，西北大学出版社，2023）。

授奖词

朱羽的《自然历史的"接生员"——周立波1950-1960年代短篇小说"风格"政治刍议》接续唐弢对于周立波新旧叠合风格的解读,通过细致的文本分析,富于说服力地呈现了周立波所认同且依赖的"政治风格",在"以小见大"中折射时代的伦理难题,具体而微地重构了周立波作品中作为"生"之"态"的社会主义生活世界,为我们认识中国社会主义的历史提供了文学经验的线索。论文切入点准确独到,同时具有理论和历史的纵深。

■ 自然历史的"接生员"——
周立波1950-1960年代短篇小说"风格"政治刍议

一 风格里的政治

(一)"风格"不是什么与是什么

从1950年代末到1960年代初,评论家普遍认为周立波此一时期的短篇小说创作体现出一种"新的风格"。其中唐弢写于1959年的《风格一例——试谈〈山那面人家〉》更是不吝使用"成熟"[1]一语,暗示"风格"的生成正是周立波创作"成熟"的标志。唐弢重点评的是《山那面人家》(1957年11月作),但以为《禾场上》(1956年12月作)、《北京来客》(1959年4月作)这两篇共振于不同时势的作品,亦属于同一风格的尝试:"淳朴、简练、平实、隽永。"[2]这些措辞还只能给人以模糊的印象,毋宁说理解此种

---

[1] 唐弢:《风格一例——试谈〈山那面人家〉》,《人民文学》1959年第7期。
[2] 同上。

"风格"的要害落实在一幅画上——唐所提及的《冬宫攻下了》(符·阿·赛罗夫):"一个赤卫队员和他的同伴老年士兵,两个人站在散乱着弹片和碎石的冬宫台阶上,点燃起剧战后的第一支烟卷,那么安闲,那么舒畅。"① 类比之下,可知此处"风格"的要义是间接烘染而非直接描写,是剧烈斗争之后或之外更为"常态"的生活的呈现——落实到周立波笔下即农村风俗习惯的呈现,但又给它们"涂上了一层十分匀称的时代的色泽,使人觉得这一切都是旧的,然而又不完全是旧的"②。所谓"有含蓄,饶余味"③无非是从中生发出来的感觉。有趣的是,同样聚焦于这几部小说(仅仅将《禾场上》替换为《下放的一夜》)的一篇 1960 年的评论,几乎照搬了唐弢如上判断,更进一步点出了此种风格所具有的"离题"特征:"有些像散文,或者说,有些像随笔。兴头一来,信笔写开,有些地方显得离题很远"④,但"'闲扯'并不

---

① 唐弢:《风格一例——试谈〈山那面人家〉》,《人民文学》1959 年第 7 期。
② 同上。
③ 同上。
④ 艾彤:《三支社会主义颂歌——谈周立波同志的短篇小说》,《光明日报》1960 年 10 月 19 日。

是浪费"[1],而是能反映"时代的色彩"[2]。不过,这位作者最终还是表达了对《下放的一夜》过于"含蓄"的不满——这是读者误解主题思想的根源,而主题还是要"明确地指点出来"[3]为好。

从第二篇评论中,我们依稀可以触摸到周立波"风格"的对立面是什么。如果回到唐弢这篇评论的创作缘起,这一点则能看得更加清楚。据涂光群回忆,《山那面人家》发表后,编辑部收到的不少来信都指责此文主题思想不明,笔墨严重浪费,游离阶级社会之外,脱离政治。涂将这些否定意见寄给唐弢并希望他对之展开回应,这才有了《风格一例》里有的放矢、针锋相对的论证;[4]更引出了唐弢对于"政治"充满激情的重新界定:"这是政治,这是隐藏在作者世界观里最根本的东西:旧的沉下去,新的升上来。"[5]

---

[1] 艾彤:《三支社会主义颂歌——谈周立波同志的短篇小说》,《光明日报》1960年10月19日。
[2] 同上。
[3] 同上。
[4] 涂光群:《五十年文坛亲历记》,辽宁教育出版社2005年版,第390-391页。
[5] 唐弢:《风格一例——试谈〈山那面人家〉》,《人民文学》1959年第7期。

从周立波1955年至1965年间的二十五篇短篇创作来看，《禾场上》等四篇的确有其独特之处：从场景来看，多为截取休息时分的片段，或闲扯，或赴宴，或治病；从人物来看，多为外来干部或探访者与本乡本土群众群像的搭配。这样的形式虽在周立波后来的短篇创作中常有，但已不再占据通篇篇幅。因此，在上述呈现新旧叠合、含蓄离题的"场景"之外，尚需补入别一维度。依据胡光凡的总结，周立波短篇小说的主题无非两类：农村基层干部与先进人物描摹、农民精神生活展示（含爱情、扫盲、文化娱乐等）。①《风格一例》主要针对后者，而我们还需探讨前者。在所谓"前期"短篇创作中②，以人物塑造为中心的篇目主要有《盖满爹》（1955）、《桐花没有开》

---

① 胡光凡：《周立波评传》（修订版），湖南文艺出版社2018年版，第255—256页。
② 关于周立波农村题材短篇小说的分期，可参考何吉贤《"小说回乡"中的精神和美学转换——以周立波故乡题材短篇小说为中心》，《文艺争鸣》2020年第5期。何吉贤以《山乡巨变》续篇的发表为界来划分周立波短篇小说的"前后期"显得过于"形式"了一些。结合"时势"，我个人尝试对之分期如下：1955—1959年（农业合作化高潮期）；1961年至1963年春（后"大跃进"时期）；1963—1965年（社教时期）。

（1956）、《民兵》（1957）、《腊妹子》（1957），以及1959年同期发表于《湖南文学》的三篇儿童故事。需要问的是，从这些"写人"的作品中能否提炼出一种"风格"呢？或者换一种更迂回与讨巧的问法：这些作品所勾勒的人物性格特征是否会在后续创作中重现？——因为"重现"或可视为作者对于人的独到把握，并且借此投射出相对稳定的政治思考。

《盖满爹》里的盖满爹本有明确的原型[①]，在小说里担任楠木乡支部书记与农会主席，对乡里情况了如指掌，处理诸种事务颇有手段，软硬兼施，不甚教条，关键是留有余地：面对群众砍树的要求，虽政策上说不赞成，但在教育过之后，盖满爹"还是吩咐秘书批了两株树"[②]。在《桐花没有开》里，石塘高级农业社大坡生产队队长盛福元与笃信"节气没有到，桐花没有开，泡种必不成"的张三爹发生分歧，但泡种成功后却遏止后生子们嘲讽后者，想到这样会用牛的人

[①] 胡光凡：《周立波评传》（修订版），湖南文艺出版社2018年版，第254页。

[②] 周立波：《盖满爹》，《人民文学》1955年第6期。

"应该争取"[1]。颇有意味的是,以上两篇解决矛盾的方式都依托"自然"。《盖满爹》里的核心冲突是父子矛盾(父先进儿落后),但最后解决方式是含含混混的父子和解:儿子"一听到父亲病了,就把吵架的事丢到了九霄云外"[2],父亲也顺势上了儿子抬来的轿子——"将来好从容地再劝他们入社"[3]。(这种自然而然的和解同样也体现在儿童故事《伏生和谷生》里。)《桐花没有开》的泡种困难则是直接导源于"天气";可就在功败垂成之际,"第六夜里,雨终于停了。第七天早晨,太阳出来了"[4]。这样的叙事收束虽然未必令人信服却能呈现一种抚慰。《民兵》一篇亦是如此。订了婚的民兵小伙何锦春为了不让火势蔓延到其他十几户人家那里而奋力扑火,不幸烧伤了脸和手,他的母亲因此担忧起他的婚事来。但小说

---

[1] 周立波:《桐花没有开》,《卜春秀》(小说集),湖南人民出版社1964年版,第51页。
[2] 周立波:《盖满爹》,《人民文学》1955年第6期。
[3] 同上。
[4] 周立波:《桐花没有开》,《卜春秀》(小说集),湖南人民出版社1964年版,第47页。

最终还是说他"头发和眉毛都长起来了,脸上也没有瘢痕,只是火烧的地方,皮肤稍微黑一点"①,这大概在叙事上符合于唐弢所归纳的"风和日丽"。如果说盖满爹的"留余地"与盛福元的"止讽刺"都彰显出对于新旧转换中"旧"的一面的留情态度,那么何锦春则以其"做新人却唱旧歌",直接成为涂上了一层"时代的色泽"的存在。照应着小说一开首"新歌他不会,他唱的是旧的山歌"②,结尾有这么一段:

> 村里的姑娘们在塘边洗衣,到园里摘菜,都爱听他唱,但又装做没有在听的样子。为什么又要听,又要装做没有在听的样子呢?因为这支歌,依照那位相当标致的姑娘的"恰当"的评论来说:"难听死了。""望郎不到砍烧台",这像什么话?③

"要听"却说"难听死了",蕴含着周立波关于

---

① 周立波:《民兵》,《人民文学》1957年第4期。
② 同上。
③ 同上。

新旧问题至为深刻的体认，也暗示着社会主义生活世界的真实面向。这里看得到"新"的上浮，但也少不了"旧"的缓慢下沉。进一步说，周立波前期农村题材短篇小说里的那些"主要人物"身上承载着极为细微的变动——不是以抛弃旧的方式，而是在旧的肌体上能够相当"自然"地长出"新"来；腊妹子正是如此。这个"心性刚强，逞能的，霸蛮"①的十来岁小姑娘考中学失败后领受了除四害、打麻雀的任务。用弹弓打野鸟本就是会游水上树女孩的长项。在个人英雄主义遭到乡长批评之后，腊妹子开始组织孩子们集体行动。可孩子们贪恋玩扑克，"瞅到这光景，腊妹子本来想骂，但她自己打牌也有瘾"②，竟直接加入了打牌队伍。直到飞来一大群麻雀，她"才记起了任务，丢了扑克，从怀里掏出弹弓"③。最终"她没有责备他们打牌，贪耍，因为她自己也爱这样"④。

在某种意义上，社会主义文学中儿童的成长，

---

① 周立波：《腊妹子》，《人民文学》1957年第11期。
② 同上。
③ 同上。
④ 同上。

可以视为更普遍的人之"成长"的寓言。儿童不稳定的情感与控制力的缺陷,也照应着诸方面尚不成熟的人的可塑性。在小说结尾,叙述者"我"一年以后回到清溪乡时正碰上腊妹子,此时"她比以前老成得多,也长高了一些,像个大姑娘"①,要到城里"去进会计训练班"②了。腊妹子的成长当然脱离不了小说所提到的"全国农业发展纲要草案四十条"等政策的影响,但在周立波的笔下,她的贪耍与逞能构成了成长本身不可抹去的环节;她以及其他孩子对于"少先队员"身份的看重,则折射出对于新生活的体认。最后那位作为"祖国第一代有文化的农民"的"晒得墨漆大黑的姑娘"③,仿佛是许许多多平凡而又逞能霸蛮的乡村女孩都能变成的样子。如此看来,周立波就算是写人,也不是为了将人物从背景里过分凸显出来,而是努力让人物融进平凡的环境里与共同承受的时势中。写一个人因此也就是写了许许多多同样的人,这个人的命运也就是另一个人的命运。

---

① 周立波:《腊妹子》,《人民文学》1957 年第 11 期。
② 同上。
③ 同上。

因为人物生长在自己的生活世界里,他的许多细碎的行为与惯习就会呈现出来,因此也同样会有某种"含蓄"感——如果与"含蓄"相对应的是点出"主题"的话。借用某种分析来说,看到明晰的"主题"即确认社会主义现实主义文学的"主导情节",这些情节往往关乎极为显白的社会主义政教题旨与政策表达。[1] 然而,周立波的短篇小说无疑相对偏离于此种取向。就算是他1963年以后的创作,亦存在以"风格"来转化"时势"以及对于激进言辞展开潜在抵制的情况。

(二)"减轻她的临盆的痛苦"与自然历史的"接生员"

也正是在这个意义上,值得重新来追问那句"这是政治",即周立波的风格触及了哪种政治。《禾场上》里,两处看似于情节并非必需的重复性评述或许蕴藏着破解这一问题的线索:

---

[1] See Katerina Clark, "Socialist Realism in Soviet Literature", Irene Masing——Deliced. From Symbolism to Socialist Realism (Boston: Academic Studies Press, 2012), p.419-432.

对门山边的田里，落沙婆（周立波注：一种小鸟，水稻快要成熟的季节，雌性在田里下蛋，并彻夜啼叫）不停地苦楚地啼叫，人们说："她要叫七天七夜，才下一只蛋。"<u>鸟类没有接生员，难产的落沙婆无法减轻她的临盆的痛苦。</u>

……

田野里，在高低不一的、热热闹闹的蛙的合唱里，夹杂了几声落沙婆的幽远的、凄楚的啼声。<u>鸟类没有接生员，难产的落沙婆无法减轻她的临盆的痛苦。</u>①

"鸟类没有接生员，难产的落沙婆无法减轻她的临盆的痛苦"一句无疑传递着某种重要寓意，不然作者不会在结尾处重复一遍。胡光凡对之有一"点题"式的解释："这是作家寓有深意的点染和影射。从作品所描写的生活内容来看，也可以说是农业社'临盆'时的一种情景：就因为有成千上万像邓部长这样密切联系群众，很会做宣传教育工作的党的干部作它

---

① 周立波：《禾场上》，《人民日报》1957年1月15日。着重号为笔者所加。

的'接生员',才得以减轻它'临盆的痛苦'。"①这个解读应该说并不算错,但失于太实,且对这里的措辞不甚敏感。乍看之下,鸟类分娩实质上是不可能有人类那么痛苦的,但叙述者所抓住的是落沙婆耗时长久的生产过程以及引人同情的痛苦啼叫,将此种无人介入的自然之呻吟寓言化了。如果我们把鸟类的自然分娩视为合作化之前乃至整个土地革命之前的社会历史发展,那么邓之类的干部所参与的社会主义革命进程——在这里就是合作化过程——才是真正的"接生员"。之所以如此说,是因为这里的措辞与表达形式,与马克思《资本论》中关于"自然历史"的说法高度相似:

> 一个社会即使探索到了本身运动的自然规律——本书的最终目的就是揭示现代社会的经济运动规律——它还是既不能跳过也不能用法令取消自然的发展阶段。但是它能缩短和减轻分娩的痛苦……社会经济形态的发展是一种自然

---

① 胡光凡:《周立波评传》(修订版),湖南文艺出版社2018年版,第254页。

历史过程。不管个人在主观上怎样超脱各种关系，他在社会意义上总是这些关系的产物。①

我并没有直接证据来证明周立波此处笔墨是在模仿马克思的《资本论》。但鉴于他参与革命的资历以及对于革命理论的兴趣，"临盆"（分娩）一语的使用也许并非偶然。如果是这样，那么，恰恰是这句得到重复的叙述者评述可以视为破解周立波"风格"政治的密钥。实际上，《禾场上》所描述的，恰恰是《山乡巨变》正篇与续篇之间省略的部分——初级社转高级社时的动员说服与打通思想环节。因此它亦可视为《山乡巨变》叙事一个必要的补充，其地位不可小觑。更令人好奇的是，虽然涉及山林入社与推广火葬等农民颇为犹豫的做法，《禾场上》本身的气氛则是轻松的，对于相关症结也一一做了回应。但那句"减轻她的临盆的痛苦"却分明凸显的是痛苦：虽然可以减轻，却无法完全消除。一个身体，无法置换。革命只是一

---

① 马克思：《资本论》第一卷，中共中央马克思恩格斯列宁斯大林著作编译局译，人民出版社 1975 年版，第 11—12 页。着重号为笔者所加。

种"接生员",只能在那个旧的肌体身上使劲,而没有另外的对象。革命本身需要尽可能地减轻"自然历史"转型过程中的诸种痛苦,乃至革命也必然是从这一肌体上长出来的。所有的新旧叠影、"当家人"对落后者的软化处理以及人的成长过程中必然的激情与缺陷的呈现,都以此为基础。

(三)观察、"几微"与时势

说到"痛苦",亦让人联想起早年周立波与之并不相同却具备比照价值的看法。在论述艾芜《南行记》时(1936),他特别强调美丽的自然与丑恶的人间之对比,期待"世界"翻一个身。这种可能源于雪莱与早期高尔基的"革命浪漫主义"[①]在解放以后实现了其理想,然而问题却变得更为复杂。自然不再与社会对立,但社会本身成为有待改造的"自然"。在这

[①] 关于周立波与雪莱的关系,可参考邹理所著《周立波年谱》对于鲁艺时期周立波诵读雪莱的记录。而周立波对于高尔基早年浪漫主义阶段的分析,可参看周立波《周立波鲁艺讲稿》,上海文艺出版社1984年版。从中可以清晰地看到,周立波对于艾芜《南行记》的评论,在很大程度上相似于关于高尔基"浪漫主义"对峙结构的分析。

一偏转的过程中,周立波的美学机制当然同时在经受调整[1],然而某些根本性设定还是延续了下来,1963年他在中国作协湖南分会举办的青年作家和业余作家短期读书会上所作的演讲便是明证,尤其是那段关于1941年古元在延安观察村里各色妇女"方法"的回忆:"古元同志就揭开纸帘,从那窗格里悄悄地观察坐在磨盘上的妇女。这样,被观察的人不知道,谈吐和仪态都十分自然,一点不做作。"[2]这涉及一种捕获"自然"的技术。周立波激赏古元此种隐没了的观察点,因其能完完全全地把握"自然"状态。

相比于延安时期,周立波在1950年代中后期以后是以"回乡"的方式来重新摆放、调整他的"观察点"。这个观察点不再需要隐匿,而是如当时某位评论者所言,他所有的短篇小说——无论是否使用第一人称——都能体会出"作者在群众中"[3]。那种依靠

---

[1] 比如有人就指出,从《牛》到《盖满爹》,有了摆脱欧化、凸显民族形式的变化。参看裴显生、张超《论周立波的短篇小说》,《南京大学学报(人文科学版)》1963年第1期。
[2]《周立波选集》第六卷,湖南人民出版社1984年版,第500页。
[3] 裴显生、张超《论周立波的短篇小说》,《南京大学学报(人文科学版)》1963年第1期。

主导情节来结构小说的方式并不是周立波短篇的形式原则,毋宁说是某种准"第一人称"观察点"担负着粘连或扭结细节的任务"[1]。进言之,"他把性格化的语言动作、典型化的日常生活的细节和那活动环境中的浓重氛围等等,直接围绕主题,通过'我'的观察点,和谐、细密地交融起来,组成了一张张光芒四射、诗意浓郁的艺术之网。它们像生活本身一样朴素、自然,但被生活的自然色彩所点染出来的,却是强烈的时代精神、跳动着的人物性格和鲜明的生活断面"[2]。虽然已经能够与群众"呼吸相通"[3],早已被认为是"大家中间的一个"[4],然而作家却如同柳青所言不能完全变成所要表征的对象。这在周立波那里更有一层早已确信的理由。在《观察》(1935)一文的最后,周立波突然提起"一位十五岁起就开始了牛马的工

---

[1] 裴显生、张超:《论周立波的短篇小说》,《南京大学学报(人文科学版)》1963年第1期。
[2] 同上。
[3] 毛泽东:《关心群众生活,注意工作方法》(1934年1月27日),《毛泽东选集》第一卷,人民出版社1991年版,第137页。
[4] 套用《张满贞》里群众对张满贞的一句评价。周立波:《张满贞》,《人民日报》1961年10月15日。

作,直到六十岁还在做工的老人"①,四十几年中经历了乡村和都市二三十种不同的职业,"看到了民国以来上海劳动者的一切动态,参加了五卅大罢工,又坐过牢"②,活脱脱是"一部生动的职工生活斗争史"③。可是周立波震惊于:"他却没有写一个字!就连他的口头的叙述,也没有一点艺术的意味。"④原因在于"社会没有让他有艺术修养的机会,他没有练就文学的观察的眼光,他只能让生活之流照原样地流逝"⑤。劳动者的无言或言而无味不仅暗示着"自然历史"的阶级压迫,也给予了革命的艺术家一种表征的责任。而此种"文学的观察"在周立波看来,涉及对于"几微"的把握:

在现实中隐藏着多少人间的杰作;那杰作往往是一瞬即逝的,巴尔扎克已经提到这点了。同

---

① 周立波:《观察》(1935年),见《亭子间里》,上海文艺出版社1963年版,第39页。
② 同上,第39-40页。
③ 同上,第40页。
④ 同上。
⑤ 同上。

时，在现实中也隐藏了多少生活的几微；这几微，往往掩在现实的平凡里；只有抓住了这几微，才能在平凡的人物身上涂上典型的特色。[1]

周立波所理解的典型性格和典型环境具有一种"微妙的，很难捉摸的，若有若无的特征"[2]。这种对于"几微"的关注，证明了周立波二十世纪五六十年代短篇小说的风格并非没有更早的美学起源。更让人吃惊的是，"几微"或许有着更为深厚的本土哲学支撑。戴震《孟子字义疏证》开篇言"理"为："理者，察之而几微必区以别之名也。"[3] 这是说"理"能够区分极其细微之差别，也可以使人联想到事物的最细微之处连通着真理。"几微"是行动者无法简单观察到并加以把握之处，但"几微"处蕴藏着"理"的要义，从而可以由此窥见转型过程中的真实痛苦与欢乐，文学书写从中亦获得了别样的认知与政治识别

---

[1] 周立波：《观察》（1935年），见《亭子间里》，上海文艺出版社1963年版，第38页。
[2] 同上。
[3] 戴震：《孟子字义疏证》，中华书局2000年版，第1页。

能力。这就是风格的政治成立的形式理由。

周立波二十世纪五六十年代短篇小说"宇宙"的核心线索即在此处。相比于《山乡巨变》,这些短篇并不与重大题材直接对应,而是呈现"放松"的状态[①];以一个更长的酝酿与创作过程,携带着作者"回乡"后独特的身心状态来描写宏大时势之中的"几微"现实。这就导致了这些短篇创作整体上呈现两个特点。

首先,几乎所有作品都以湖南益阳乡间为基本环境,尽管侧重不同、语境各异,却能形成一种别样的互文性,乃至相互连缀的叙事性。正如某评论者指出的那样,"这些小说既是独立成篇的短篇,但不少作品,就其人物关系、小说主题、形式特点而言,又似乎是一个更大结构的构成要素"[②]。而此种特点不仅仅体现在1964年创作的三篇"王桂香"系列当中,毋宁说所有短篇作品已然构成了一种松散的总体:虽然不是如《山乡巨变》那样有着前后相续的人物活动

---

① 何吉贤:《"小说回乡"的精神和美学转换——以周立波故乡题材短篇小说为中心》,《文艺争鸣》2020年第5期。
② 同上。

轨迹，但是随着1950年代中期到1960年代中期的时间推移，之后短篇里的人物不妨看作之前短篇里人物"成长"后的状态。这也是那几篇"儿童故事"不可或缺的原因。某种程度上，腊妹子长成为卜春秀；林桂生参军复员也可以变成张闰生；高小学生王大喜和初中毕业生吴菊英之间的感情发展，最终展示为邹伏生与胡桂花的故事；更不用提《北京来客》里精通养猪的大嫂子与爱（艾）嫂子，以及《桐花没有开》里的张三爹同《飘沙子》里的张老倌之间的相似性了。更进一步，无论是盛福元、杜清泉，还是王桂香身上，都有着刘雨生的影子，而又都折射着最初的现实原型曾五喜的一些特征。在这个意义上，所有短篇作品可以看作一部正在展开而尚未完成的社会主义乡村"人间喜剧"，与结构相对严密、人物更为统一且压实得过紧的长篇小说形成了富有意味的增补关系。

其次，正因为这些短篇作品零星创作于二十世纪五六十年代而又能保持某种相对统一的人物塑造逻辑与风格特征，我们从中可以把握到文学与时势之间的能动关系。虽然看似"含蓄"，但每篇小说多少都呼应或对应着某种具体的时势，更具体地说，回应着某一时期的政策导向与政教要旨。且不用说或隐或显关涉大办"食堂"风潮的《北京来客》与《割麦插禾》，《禾场上》关系到从初级社到高级社的转变，《爱嫂子》呼应着1950年代末至1960年代"公私并举"养猪指示，从《张满贞》《在一个星期天里》中能清晰窥见"大跃进"之后"整风整社"的痕迹，而1963年夏以后社会主义教育的全面铺开更是决定了《翻古》里讲述革命"家史"，《新客》里为了农业现代化而推迟婚期，以及《胡桂花》中知识青年喊出"在农村里干一辈子"。从中可以察觉出"风格"与"时势"之间的往复拉锯：既有外部的政策变换与时势迁移对于"风格"的修正[①]，但"风格"自身的政治同样也在应对、吸纳、改写、转化政策导向与政教要求。这样我们就能在周立波的短篇小说中至少找到两个相互叠合的层次，分辨出两种"时间性"与"变化节奏"，而那一处在底部而决定着

---

① 如冯健男论《张满贞》"含蓄"之改变，见冯健男《从燕子筑巢说起——谈"张满贞"》，《新港》1961年12月号。

小说叙事最终表达状态的东西,则是我接下来的分析试图着力厘清的问题。

二 作为"生"之"态"的社会主义

(一)从风格政治到政治风格:关于"生"之"态"的初步思考

要想进一步破解此种"风格政治",不得不提到周立波短篇小说所牵涉到的"政治风格"。在1960年代公开发表的最后一篇小说《林冀生》中,周立波借那位生病却偏要"乱跑"——看一看湖南乡村现行风俗——的市领导之口,单拎出《毛泽东选集》第一卷里的一篇文章《关心群众生活,注意工作方法》:

> [护士]小李说:"你对于田里、土里、天气、鱼肉和花轿,为什么都有这样浓厚的兴趣?"
>
> 林冀生没有直接回答。他用右臂肘子支起身躯来,伸上左手,拉开床头小柜的抽屉,取出

《毛泽东选集》第一卷。他坐起来，背靠床端，揭开书页，指着《关心群众生活，注意工作方法》那一篇，说道："……毛主席教导我们，'一切群众的实际生活问题，都是我们应当注意的问题'……注意群众生活是关系社会主义革命和社会主义建设的成败的大事，断然不是小事啊，小李同志。"①

这种"小大之辩"虽然只在1964年学习毛主席著作的形势下第一次直接进入周立波的文本，却不能不说是他二十世纪五六十年代短篇小说创作始终依赖的"政治风格"。追索一下就能发现，毛泽东为1934年第二次全国工农兵代表大会所作的报告中提及的"生活"几乎涵盖了群众身心的全部方面：

> 从土地、劳动问题，到柴米油盐问题。妇女群众要学习犁耙，找什么人去教她们呢？小孩子

---

① 周立波：《林翼生》，《北京文艺》1964年第10期。

要求读书,小学办起了没有呢?对面的木桥太小会跌倒行人,要不要修理一下呢?许多人生疮害病,想个什么办法呢?一切这些群众生活上的问题,都应该把它提到自己的议事日程上。应该讨论,应该决定,应该实行,应该检查。要使广大群众认识到我们是代表他们的利益的,是和他们呼吸相通的。[1]

若从上述生活广度与深度出发,无疑就可理解周立波农村题材短篇小说的焦点所在。毛泽东所谓"采取实际的具体的""耐心说服的"工作方法,则为把握周立波笔下的基层干部形象提供了基本的政治依托。"风格"与此篇讲话精神的共振,引出了一个迄今为止尚未完全打开的维度,其精义正在于:中国革命的主体力量需要成为"群众生活的组织者"[2],所要达到的状态是"和他们呼吸相通"[3]。"呼吸相通"

---

[1] 毛泽东:《关心群众生活,注意工作方法》(1934年1月27日),《毛泽东选集》第一卷,人民出版社1991年版,第138页。
[2] 同上,第137页。
[3] 同上,第138页。

不仅呼应了周立波早已谈及的"气质"问题[①]，而且提示我们，周立波二十世纪五六十年代的短篇创作可以在一种广义的"政治生态学"视角下加以审读。挪用一下西方政治哲学与政治神学研究的新近研讨，这里涉及的基本问题是"家""家政"（economy）（群众再生产自身的诸方面——包含体制的改造），与"政治"（所有群众生成为政治主体，共同构造未来）之间的往复辩证。[②] 同样，这也关系着集体化以后的"齐家"问题与"政治经济学"之间的繁复关系；关联着城乡之间具体的交换关系，以及人类生产、消费活动同外部自然之间的"物质变换"（metabolism）关系；关涉了家政与政治的矛盾结构中诸种气质、心性、惯习可加塑造与难以塑造的诸方面。当然，最终此种理想希望达成的是"家政"与"政治"之间的"相通"状态。因此，"几微"之处恰恰可能是整个"生"之"态"的关键环节，其意义在惯常的政教话语中则往

[①] 关于"气质"的分析，参看萨支山《喜看稻菽千重浪，遍地英雄下夕烟》，《文艺争鸣》2020年第5期。
[②] 我尤其从姚云帆的新书中受到启发，见姚云帆《神圣人与神圣家政——阿甘本政治哲学研究》，上海人民出版社2020年版。

往隐而不见。

（二）"以小见大"与伦理生态的难题

在这个"小大之辩"的脉络里，周立波在1964年8月中国作协全体会议上会奋起捍卫《扫盲志异》，也就合乎逻辑了。刘剑青称此篇小说没能"以小见大"，周完全不予认同，甚至与他发生了争执。[①] 这篇初创于1963年春、定稿于1963年8月、发表于1964年秋的作品，写的是"四年以前"即1959年的"扫盲"故事。显白的批评对象显然是新中国成立前卖豆腐出身、头脑里留有"封建"乃至"恐共"思想的何家阿公。若放在当时反修防修与社会主义教育的语境里，就算无视那一被误会的媳妇"偷人"事件，以及篇末何家二子对于新来的扫盲女教师之热络表现，题材与格局也依然显得十分"小"甚至"旧"。

然而，此篇最值得琢磨的其实是公社党委书记的言行。他在接到何老倌"偷人"举报之后——后者怀疑中学生扫盲教师与二媳妇待在房间里做出了见不得

---

① 邹理：《周立波年谱》，上海人民出版社2020年版，第221-222页。

人的勾当，实际上那句"你睡哪一头"却是为了贴认字的纸——虽然心里犹疑，但还是杀到了何家，"含笑"搜查了二媳妇的房间。有意思的是，就算抱有怀疑，书记还总是希望"缓和他们中间的紧张的气氛"[①]。真相大白之后，他以一笑置之，"从房间里退了出来，拍拍何大爷肩膀，'不要神经过敏了，老人家'"[②]。但二媳妇并不答应："你平白无故跑来冤枉人一顿，就走了？世界上没有这么便宜的事情。"[③] 随即她喊出："你毁坏了我们的名誉，你几时看见我们偷人了，老远地跑来捉奸？"[④] 照理说，二媳妇这一要求完全合情合理，可小说却写了这么一段对话：

> 公社书记本来要讲："都是你家爷闹的。"但一想到这么一来，定会损害他们翁媳之间的关系，就改口说道：
>
> "哎，算了吧，我们来看一看，有什么关系？

---

① 周立波：《扫盲志异》，《湖南文学》1963 年第 10 期。
② 同上。
③ 同上。
④ 同上。

又没有宣扬你们的什么。再说,冤枉一下也没揭掉你一块皮。'偷人','捉奸',这样难听话,亏你一个年纪轻轻的女人家也说得出口。"

听了这席话,何二媳妇满脸通红了。①

因为新中国的家庭与伦理革命,何老倌旧有的家长身份失势了,媳妇们相比从前更具有主体意识。然而公社党委书记却在某种程度上堪比整个集体的"大家长",他希望尽可能地维持何家翁媳两代人之间的和睦关系。另外,他动用看似陈旧的"名声"来抑制何二媳妇竟也发挥了效力——根源也在于"传播"通道的截断而未使之真正成为一个公共事件。个体、家和社的繁复关联,扩展出了一种远非现代个人道德可以容纳的伦理关系。公社党委书记的举动可谓是一种从现实中"长"出来的"妥协"。

更让人诧异的是他后续的动作:请来"邓姓中学生",想要全面彻底地了解情况。这在叙事上就造成一种"错位"效果:读者早已知道中学生和二媳妇之

---

① 周立波:《扫盲志异》,《湖南文学》1963年第10期。

间清清白白，因此倾向于肯定两人，但公社书记了解了实情还是盯着这个事儿不放，反而令人不解甚至不满。追根问底，恐怕症结就在于公社书记这一现实的身位。小说一再使他处在一种"中介""中间"的位置，他对于新旧缠绕有着颇为通透的把握。通过他的言说，"伦理"的现实生态呈现了出来：

> "书记，你该了解我。"
> "我了解的。"
> "当时，我心里眼里，只是把她当文盲，没有把她看做是女子。"
> "我说你是书呆子，你还不服？她本来是个女的嘛，你不把她当女的还行？办任何事情，都得从客观的实际出发，不能单凭主观的热情。"[1]

邓姓中学生虽然主客观上都清清白白，但书记认为他的行为依然不妥，原因就在于他没有顾及老一辈的眼光以及忽略了何二媳妇"客观"的性别身份。在

---

[1] 周立波：《扫盲志异》，《湖南文学》1963年第10期。

这儿，单纯主观性的真诚是失效的，有效的是各个主体之间相互看待的眼光，这也是伦理问题超越单纯主观性与单纯事实性的要害所在。

但小说所表达的比这更多。公社书记顺势换了一个女教师去教何家媳妇，没想到结果是："何家两兄弟，跟两妯娌一起，围坐在方桌的两边和下首，新来的群师端坐在上首，开始教课了。五个年轻人，用心做功课，有时也开一开玩笑，满屋里充满了快乐的空气。"[1] 这引发了老人更大的不安与不满，小说在他赌咒般的话语中富有余味地结束了："'明天一早，就叫你们滚。'他咬着牙齿盯住他的儿子们。"[2] 父子之间是否会引发冲突，扫盲课是否能持续下去，公社书记如何既维持他孜孜以求的扫盲大计又平复何老倌与后辈之间的冲突，引人遐想。这种戛然而止的结尾，仿佛是对所有人的反讽。从何老倌、公社党委书记、何家儿子媳妇，到扫盲教师，没有一个人在此叙事收束中得到抚慰。考虑到写的是"四年以前"，周

---

[1] 周立波：《扫盲志异》，《湖南文学》1963年第10期。
[2] 同上。

立波如此设置结局更是让人觉得不可思议。但叙事上的悬置或许期待着更为通透有力的解决方式,而这一看似属于过往的难题,无疑依旧留存在1964年的"当下"之中。

(三)代际和解、代际抵牾,与"经验的辩证法"

总的来说,老辈人与后生子之间的代际抵牾是周立波此一时期短篇创作颇爱刻画的场景。但小说亦有表现代际之间虽有异但不隔的情形。其中令人印象尤为深刻的是《新客》里吴菊英看似过剩的"笑"所传递出的信息。

> "如今的姑娘多好呵,一来就做事。"郭嫂十分叹赏。
>
> 新客只是笑。
>
> "看着姑娘有味啵,不住停地笑?"郭嫂又说,"要晓得,你还是个没亲事的新客呵。"
>
> 听了这话,菊英使劲忍住笑。过了一会,等到郭嫂她们说些有趣的,或是略为有趣的言语,她又忘记了自己的身份,又发笑了,有时笑得举

起她的冷水浸红的手背来遮住嘴角。[1]

　　吴菊英发笑绝非出于单纯的欢喜或满足,而是有所指的——"郭嫂她们"。引她发笑的正是这些老一辈讲"礼数"、谈"规矩"的老套话。但是这里的笑又没有一点点讽刺的意思;虽然也是针对某种"旧"而发,但没有"笑着向过去诀别"的厚重。毋宁说更符合李希凡评论《张满贞》时使用的"生活中新因素的内在幽默感"[2]一语。"幽默"恰到好处地抓住了此处笑的本质。在弗洛伊德看来,幽默意味着用温和的超我看待自我,自我会显得相对渺小琐碎。但这是一种不施加惩戒的超我,他允许自我的提升。[3] 在政治的意义上,如果将集体里的人视为同一个"我",那么吴菊英此时占据的位置就是温和的超我,而郭妈、王妈则是被识别出"愚蠢"的自我。但这种"旧"的"愚蠢"显然是无害的,是被允许与所谓的"新"

---

[1] 周立波:《新客》,《人民文学》1964年第2期。
[2] 李希凡:《题材思想艺术——谈谈1961年的几个短篇》,《人民日报》1962年2月20日。
[3] See Simon Critchley, *On Humor* (NewYork: Routledge, 2002), p.103.

共存的。

与此种以"笑"为媒介来展开的代际和解相比,周立波短篇小说中出现频率更高的是一种"经验的辩证法"。此种辩证法表现为两个根本环节:其一,老一辈笃信老经验与新一代听从计划安排之间爆发矛盾,造成代际抵牾;其二,叙事对于生产难题的解决,往往又需要借力于另一个老辈人(往往是作田能手或养牛能人)的老经验。《桐花没有开》与《飘沙子》都充分展现了这一点。

"经验"传承维系着代与代之间的纽带,但由于社会主义革命与建设又必然带来"新"的要求,因此代际抵牾——尤其是农村生活世界中的代际冲突,实际上也是一种经验的危机。然而周立波以其书写清醒地点出了,新的生成无法抛却旧的肌体,各个环节、各代人之间呼吸相通才是社会主义的可欲面向。社会主义需要抵抗"经验的贫乏",但又不能不"移风易俗"。相比于城市,乡村世界的"经验"需要重新被"组织起来",而这亦是在组织"群众生活"。正是出于这种叙事动力,我们看到了《翻古》讲述"家史"的政教任务被放置在悠久的"传统"之中:

这种劳动是用手指一粒一粒拣，暂时没有机械化，将来也不一定急于机械化，因为它不占据正经的时间，总是在黄昏以后，临睡以前来进行；并且无需调用全劳力，这是老人家和小把戏们能干的工作；而这又是多么有趣的事情呵。按照传统，小把戏们喜欢要求老年人翻古讲汉，用普通话来说，就是讲故事。①

其实，周立波关于集体"家政"中代际相通的思考，早已为"家史"讲述提供了一种更为深刻的精神肌体。其中，"老人"与"儿童"是自发地沉浸于"经验"，或者更确切地说，是"地方性知识"之中的典型代表。因此，从经验的辩证法出发，我们也能自然而然地抵达更为宏阔的乡村生活世界与"生"之"状态"。这是一个包含了迷信、仪式、传说、药学、动植物、山水风景、乡间气息，总而言之，包含着所有人与非人的世界。

---

① 周立波：《翻古》，《人民日报》1964年2月18日。

理解了经验、代际与"呼吸相通"之政治生态世界的可欲性，我们也就能够理解，为什么《下放的一夜》里"本来写到大家想办法，用鸡冠血治好伤痛，文章就可以结束了，但人们偏不肯走，'天南地北，闲扯起来'，从蜈蚣扯到蜈蚣虫精，差不多占了作品的一半"[1]。如果说《下放的一夜》是浓墨重彩地描绘了卜妈为代表的老一辈的"土办法"并未丧失其效能——虽然不得不夹杂着种种妄想。那么，《调皮角色》里那个肚子里装了好多新奇学问，"百样事情，他都晓得"[2]的贫农的儿子身上，则凸显了地方性知识与农民主体性之间无法剥离的关系。城市中心的现代知识体系以"分数"为标准，对调皮角色林仲鸣的自信心造成巨大打击，但他的语文老师罗淑清却积极地看待他的可塑性。叙事者以一种柔和的口吻展示了"调皮角色"那些有趣的"地方性知识"："山溜公就不害人。那家伙就躲在山里，藏在烂树叶子里，你要碰它一下子，它弹起来，把人都吓死。实在呢，并

---

[1] 艾彤：《三支社会主义颂歌——谈周立波同志的短篇小说》，《光明日报》1960年10月19日。
[2] 周立波：《调皮角色》，《解放军文艺》1963年第3期。

不咬人。山里还有青竹飙,一见到人,飙起好高,你要赶紧捡一块石头,往天上撩去,跟它比高低,它输它死,它赢你死。"①调皮角色最后跟上了功课,但他的奇异世界并没有同时被否定。或者这就是社会主义中国努力转化地方性知识的政治用心所在。比起改革时期作品《人生》中高加林对地方性知识的废弃——背后是以现代西方知识的霸权来取消任何地方性知识的合法性②,《调皮角色》不仅讲述出了一个关于"知识"的故事,也讲了一个关于"主体"的故事,更是描绘出一种新与旧、知识与政治、人与自然之间深刻的和解图景。

(四)"与他们呼吸相通"的当家人,或治家者的危与机

作为努力营造"呼吸相通"状态的行动者,公社、大队与生产队干部无疑担当起了"治家者"角色。其重要任务便是积极转化出地方性知识,同时使代际之

---

① 周立波:《调皮角色》,《解放军文艺》1963年第3期。
② 对于《人生》中"知识"问题的批判,参看倪伟《平凡的超越:路遥与1980年代文化征候》,倪伟:《主体的倒影——历史巨变的精神图景》,北京大学出版社2019年版,第207-208页。

间产生有效的互动。譬如《在一个星期天里》，公社党委书记杜清泉因鼓泥虫伤秧而求教于老倌李家大爹。"这些讲究，有的他也早知道，但还是虚心地听着。"[1] 随后更是提出让李家大爹向青年们讲一讲秧田之法。从杜清泉的房里休息日总是挤满了来"抽烟、谈话兼喝茶"[2]的各色干部与社员来看，公社呈现一种高度的有机性与相通性。

但1963年下半年以后，尤其是周立波参加了"四清"运动以后，短篇小说中的当家人、治家者开始遭遇梗阻，此种障碍也转化为特定的叙事形式。"王桂香"系列中，除了《新客》一篇主要着墨于王大喜与吴菊英，《飘沙子》和《霜降前后》都是围绕枫桥公社红星二队队长用力。前一篇几乎沿用了《桐花没有开》的模式：王桂香听取养牛行家秦老倌喂牛吃泥鳅的方法，将一只"飘沙子"奇迹般地养成了头能产崽的好牛，由此再次呈现了上述经验的辩证法。后一篇里，面对"社员受了别队单干风影响，大家只顾挑水

---

[1] 周立波：《在一个星期天里》，《红旗》1961年第24期。
[2] 同上。

去润自留地"①的困境,王桂香虽然生气,却没有"骂人",而是"摸起扁担,挑担尿桶,立刻去泼队里红薯土"②。这走的是切近盛福元的路子。

然而值得注意的是,无论是《飘沙子》还是《霜降前后》,王桂香解决矛盾的方式总是诉诸自己或自己家庭来扛下一切。前一篇里,王队长以"家长"的身份安排儿子二喜自愿放弃工分为集体养牛。这一举动虽使自私的张老倌也不得不叹服其"克己",但会计却以为"无私"会动摇"按劳分配"这一社会主义原则。《霜降前后》里,王桂香虽以"龙头动,龙尾摆"的方式鼓动了一大帮子青年积极分子,但"耐心说服"的工作几乎隐去了。

之所以王桂香坚持要买一头"飘沙子"来养,关键还有一层支援受灾的邻近公社的意思。而在《霜降前后》的结尾处,叙述者"我"与运送粮谷的王桂香终于相遇,同伴王双喜当着队长的面帮着小说"点"了题:"不送好谷,队长这一关,我们就闯不过去。

---

① 周立波:《霜降前后》,《收获》1964年第3期。
② 同上。

他时常说，支援工业，支援城市，是我们的本分。我们把好东西送给城市，城里同志不会亏我们，也会把好东西送下乡来的。"① 由此看来，"家政"需要不断地与"政治"建立更为紧密的关联，集体需要与其他集体建立更大的"家"的关系，农村公社需要与城市建立自觉的服务关系（虽然被许诺是一种双向的反馈关系）。但在周立波笔下，将"家"外扩，却会遭遇本有的集体之"家"离心的危机。这种离心性甚至不是回退到"单干"，而是张老倌式的"集体"盘算——任何一种集体的损失都会分摊到个人身上。同时，社会主义按劳分配原则——表现为认真评工记分，则使得任何无私的举动都会受到质疑：因为"无私"会破坏"等价交换"。这些都是1960年代中国无法回避的政治经济矛盾，也必然影响到众生之"态"。作为个体作家，周立波只能以某种并不完美的叙事解决方式守住自然历史"接生员"的底线，但无疑王桂香的解决方式在某种程度上是无法维持的。

---

① 周立波：《霜降前后》，《收获》1964年第3期。

（五）城乡物质变换关系的讽喻

若谈及集体与其"外部"，创作于1961年10月的《张满贞》或可视为一部深刻的讽喻作品，也是激进时代到来之前关于城乡物质变换关系的隐微之作，或许可以说彰显了周立波的某种"先见之明"。关于此篇小说，一种读法当然是以张满贞称呼的改变为标志来体会城市外来者变为农民"中间的一个"的改造过程。另一种读法可能会更加聚焦于张的厂长身份以及接近篇末处"大办农业"的提示，将她的变化读解为政策思路的积极调整：从关注工业但忽视农业到重视农业乃至工农并重。这也都是寓意化解读，但我想扣住的是玻璃这一要素。

李希凡曾以为《张满贞》体现出一种"生活和人物性格中的内在的幽默感"[①]，但我以为，整风工作组组长这一身份以及"脾气很冲的"武装部长对她"穷追猛打"，是另一条隐伏而重要的线索，即一种从外部植入的整顿力量造成了张满贞与本乡本土群众之间

---

① 周立波：《霜降前后》，《收获》1964年第3期。

一时难以抹消的紧张关系。[1] 在此种政治张力的基础上，"玻璃"成了更为深层的冲突的具象化。小说一开篇，张满贞对于玻璃的鼓吹与其说是"幽默"不如说是"滑稽"，不但与农村环境格格不入——或者说是"美好"但"超前"的，而且对于叙述者"我"也没有吸引力——因为她最初关心的是纯粹的经济性，原料成本不高，玻璃厂能替国家赚很多钱。就算她将话题转移到"日常生活"上——生活里不能没有玻璃，却依旧得不到农村人的认同："你能拿玻璃来当饭吃吗？"[2] 这句故意抬杠的气话，叙述者富有深意地以为是"一个尖锐的问题"[3]。小说里有一场周立波惯用的"闲谈"值得细细绎读。话题围绕"燕子"展开。大家看到公社堂屋里有一双燕子正在筑巢，就燕子一口口衔来的泥丸是如何粘连起来的问题展开了争论，

---

[1] 关于后"大跃进"时期整风整社的基本做法，可参考《中央工作会议关于农村整风整社和若干政策问题的讨论纪要》（1961年1月21日），中共中央文献研究室编：《建国以来重要文献选编》第十三册，中央文献出版社1997年版。
[2] 周立波：《张满贞》，《人民日报》1961年10月15日。
[3] 同上。

张满贞十分渴望能够参与到当地人的闲谈之中,但是脾气很冲的后生子没有接她的话,而是暗带讥刺地顶了她一句:"它们不会用工具,单靠嘴壳子。"[1] 张满贞随后的反应却有些造作。

> "建筑材料也太简陋了,除开泥巴,还是泥巴,不用竹木,也没得洋灰。"工作组长兴致很高,凑趣地数落着燕子的缺点。
> "也没得玻璃,是么?"脾气很冲的角色接口问一句,笑了。他十分得意,以为抓到张组长的话尾了。[2]

张满贞这里明显想与脾气很冲的角色拉近关系,因此顺着他说,竟然没有听出后者前一句话本就藏着讥讽——暗示张满贞来到此地也就是个只懂动嘴巴却不干农活的角儿。更要命的是,张数落燕子的话,太过"城市"了,特别是提及"洋灰"(即水泥),因

---

[1] 周立波:《张满贞》,《人民日报》1961年10月15日。
[2] 同上。

此被武装部长自然地顺出了"玻璃"。虽然叙述者一直在突出张满贞的好脾气与好修养,但是这一场景无疑让人瞅见了这一人物的尴尬之态,仿佛隐含着叙述者更深一层的批评态度。

在后续情节中,张满贞惊喜地在乡间发现了能制造玻璃的石英石,而此刻那个农村的后生子没有说话。张对于靠天吃饭的农业没有很大的兴趣,却意外发现了农村里可能有矿。然而叙事在此抵达了一个转折点。一位社员被玻璃划伤了脚板,而这片玻璃碎渣正是城市倾倒在农村的垃圾。张满贞对于此位受伤社员的关心十分戏剧化地改变了社员们对她的印象,接下来的一切都按照着规定套路展开——张满贞的称呼变了:从组长到厂长,或老张或满姑娘,妇女们开始和她说私房话,觉得她是"大家中间的一个"。她也开始参加劳动——虽然是自上而下的任命,但在上述"拉近"的语境中亦显得自然而然。她甚至开始"发现"风景,主动赞赏"真山真水"。

非常有趣的是,周立波为张满贞所设计的"改造"之路,相似于一个来到延安的城市知识分子一步步与群众打成一片的过程。何吉贤认为张满贞"被乡村景致迷住了"①体现了风景与人的"相认","对于新的主体而言,产生的是一种新的归属感,这种归属感又归结于一种新的集体主体的确认"②。但在我看来,张满贞的被迷住,可能更类似于《朝阳沟》里银环入"沟"时被风景迷住的状态,远未达到周立波笔下"主体"与"风景"之间更内在的关联性。可能是想抑制住这种略显造作的抒情,叙述者马上把焦点转回到"玻璃"上:"对于玻璃,这位从前的厂长还是保持了她的那种特具的职业的敏感。"③这种敏感是什么呢?隔壁屋的孩子失手打碎了她送的玻璃杯子。那种玻璃伤人的情形似乎又将上演,这一次的"敏感"是提前防止它伤人。小说是以此来结尾的:

> "你放手,满姑娘,我来,我来,我自己来,叫你费力还要得?"
> "这就扫完了。"张满贞把玻璃片子悉数扫

---

① 周立波:《张满贞》,《人民日报》1961年10月15日。
② 同上。
③ 同上。

进撮箕里,亲自端到屋后山𡍼里去了。她的用意一眼就看得出来:提防玻璃碎片落到水田里去,去伤害社员的脚板。[1]

    这个结尾比较奇怪。翁妈子会不知道好好处理玻璃渣子?难道她看不出玻璃碎片会划伤人?张满贞这一"职业敏感"更像是反应过度或一种神经症。她最后将玻璃碎片特意倒入屋后山𡍼亦像是某种封存仪式。就算张满贞害怕翁妈子处理不当造成玻璃渣子落进水田,她也应耐心告知相关危害,而不是以此种孤零零的方式来处理。由此来看,《张满贞》是一部多重寓意叠加的小说。处在最深层的,正是对于一种极为不对等的、单向的城乡物质变换关系的揭示。正如玻璃在乡间毫无所用,仅仅只能带来隐藏的伤害,或仅仅是"装饰","城市"给予"乡村"的实在不多。城市尚有待被真正整合进社会主义政治生态世界。

---

[1] 周立波:《张满贞》,《人民日报》1961年10月15日。

（六）从"风景"到"景气"

张满贞式对于"风景"的赞赏在周立波笔下其实十分罕见。他十分自觉地根据看风景的主体身份来规定他们的视线。除了张满贞以外，《新客》里的初中毕业生吴菊英在草垛子上"忽然看见"开满白色小花的茶籽树，也给出了评价："你看这一树茶花，开得好漂亮。"[①] 还有就是《胡桂花》篇末胡桂花和邹伏生给军属送柴禾，在路上休息的时候看到了堤上美景，胡说了一句："我从来没有注意，我们周围是这样地美丽。"[②] 而邹伏生点一点头，没有作声。叙述者为

---

① 周立波：《新客》，《人民文学》1964年第2期。值得注意的是，发表于《人民文学》的这一初版本与后来收入《周立波选集》第一卷（1983）中的版本就此处的描绘有很大的不同。初版中，吴菊英评价茶籽树花"漂亮"后紧跟了一句"我去折一枝来"，但她的举动遭到了王大喜的阻止与教育："不要折吧。折去一枝，明年社里就要少收好多的茶籽。"《选集》版则完全删去了茶籽树花相关内容，改为吴菊英坐在草垛子上无意间看见风景并给出评价："这地方漂亮、幽静。"后续王大喜加以阻止的也变成了吴菊英因为怕地湿而扯队上的稻草（集体财产）来垫屁股这一行为。这一改动颇值得分析：《人民文学》版所呈现的看花—采花—被阻止，是一个"风景"生成却最终被中断的过程；而《选集》版则将吴菊英看风景与她无意间扯出队上稻草的举动切分开来，"看风景"的状态在此被保持住了。
② 周立波：《胡桂花》，见《周立波选集》第一卷，湖南人民出版社1983年版，第345页。

他补白道:"他也沉浸在优美的自然景色和同样优美的情怀里。"[1]

吴菊英、胡桂花之所以会对"风景"加以评论,与其相对"外来"的身份有关——两人都不是本乡本土人,且都是初中毕业的知识青年。周立波的叙事传递出一种独特的聚焦意识与相当清醒的感觉分配意识,特别是《新客》里吴菊英"看花"进而想"摘花"的举动被王大喜阻止,"风景"生成机制在此遭到了一种中断。王恰恰是以本地集体经济的理由("折去一枝,明年社里就要少收好多的茶籽"[2])打断了吴菊英颇有些学生气的"审美"活动。然而周立波关于"风景"的看法显然并不停留于上述政治经济与美学的"形式"对立之上。在我看来,邹伏生看到了"风景"却没有作声更加耐人寻味。叙述者的这一处理提示我们,相比于看不到风景,看到而无言可能是更恰切的情状。

因此,若是一味局限在既有的风景—知识主体框

---

[1] 周立波:《胡桂花》,见《周立波选集》第一卷,湖南人民出版社1983年版,第345页。
[2] 周立波:《新客》,《人民文学》1964年第2期。

架里来想问题,还是无法妥善解释充斥在周立波短篇创作中的风景描写,特别是大量"人在景中"的场景。雷蒙·威廉斯曾以为欧洲尤其是英国"风景"概念的出现,暗示着分隔和观察。劳动者从未想到要看风景,这只不过意味着生产和消费之间的分离。换言之,以纯粹的审美的视觉态度来把握"喜人的风景",掩盖了土地的阶级划分与占有。[1]周立波笔下的风景描写究竟是否无意中延续着这种审美意识形态?这是一个值得认真对待的质问。但至少从周立波对于评价风景者身份的审慎选择来看,他是具有反思意识的。我曾经讨论过《山乡巨变》续篇中亭面糊遭遇风景那一细节,认为亭面糊的功利性言说与美景显现之间的"隔"具有一种历史症候意味。但研读了周立波的短篇之后,我却发现完全可以置换一下视角:若从上述"生"之"态"的脉络出发,似乎不必将观看"风景"视为一种纯粹的视觉性机制,风景也不单纯是一种视觉对象。因为"风景的'风'字,是由气来的,故风

---

[1] 雷蒙·威廉斯:《乡村与城市》,韩子满、刘戈、徐珊珊译,商务印书馆2013年版,第167-168页。

景，又云风物、景气"[1]。以下一句话为我打开了重解周立波笔下风景的法门：

> 汉人因气言景，金木水火土与天地日月星辰都是景气，人则可以因气相感，此即构成一"情—景"关系的体察。[2]

如果解放了的农民携带着他们的解放感，充实地劳动于本乡本土，与山水相近，当然会时时看到风景，但与其说是静观式的"看"，毋宁说是更富动态的"感"，这里必有某种难以言传的感受乃至感动。人与环境之间的"相通"是这一宏大的政治生态学中的重要面向，也可以说是一种"呼吸相通"，"因气相感"。这样也就可以理解，杜清泉安排好农活、送走了爱妻，走回公社路上时的那一个举动：

---

[1] 龚鹏程：《从〈吕氏春秋〉到〈文心雕龙〉——自然气感与抒情自我》，陈国球、王德威编：《抒情之现代性："抒情传统"论述与中国文学研究》，生活·读书·新知三联书店2014年版，第605、606页。
[2] 同上。

田里到处是热闹的蛙鸣；山肚里，阳雀子悠徐地发出婉丽的啼声；而泥土的潮气，混合着野草和树叶的芳香，也许还夹杂了茁壮的秧苗的青气，弥漫在温暖的南方四月的夜空里，引得人要醉。杜清泉<u>放肆吸了一口气，于是加快了脚步</u>。[①]

从"景气"与"气感"角度来看"人在景中"，亦能读出别样的味道：那不再是一个静止的画面，而是透出一种感人的气息。正如《霜降前后》里的那一幕：

> 我走上了一条通往公社的简易公路。晚稻收割了。晴空下远望，沿地平线，横拖一派淡青的柔嫩的轻绡，像是雾气，又像烟霭；平野四望，丛树一束束，乌黑乌黑的；而在近边，割了禾的田里，一把一把金黄的稻草，竖立在那里，

---

① 周立波：《在一个星期天里》，《红旗》1961年第24期。着重号为笔者所加。

间隔得很齐整；发了黄的芋头叶子，迎着小风，在轻微地晃动。我走上了一条通向省城的宽敞的公路。拐弯处，看见一群运送粮谷的农民，放下担子在路边歇气……他们动身了，一行十七位，一色青皮后生子。背部微驼的中年队长王桂香同志走在他们正当中。在温暖的十月的阳光里，他们挑着一担担十粒五双的黄谷，劲板板地往粮仓走去。①

（七）虚拟性与"文化革命"

作为周立波1960年代短篇小说真正的收束之作，《胡桂花》这篇未能发表的作品既嵌入社会主义教育的大势，又传递出作者关于乡村之精神生态及其可塑性的深沉思考。周立波的用心非常直白地由动员胡桂花出来演戏的老卜说出："你爱人演的刘兰英，把冯老二的土地菩萨也打倒了，这不是革命，又是什么？这叫做文化革命。我们要用正当的、健康的、高尚的娱乐来革低级趣味的命，革菩萨的命，革牌赌的

---

① 周立波：《霜降前后》，《收获》1964年第3期。

命。"[1] 这涉及组织群众生活的关键一环：如何组织乡间的闲暇时间。也可以说是作为"生"之"态"的社会主义生活世界隐藏着最复杂、最微妙的危机的一个环节。随着1963年以后"千万不要忘记阶级斗争"的宣教，"旧习惯势力"的根深蒂固性与日常生活中"阶级斗争"的错综复杂性不断得到强调。然而在我看来，《胡桂花》展示的却是一种有效的虚拟与现实之间的相互生产。小说用大部分篇幅来写老卜动员胡桂花出演刘兰英以及演出过程中邹伏生负气而走，却也在剩下将近三分之一的内容里重点描绘了演出后人们对胡桂花的兴趣，"演员"胡桂花在群众的眼中好像无法和刘兰英相剥离了：

> 两个人正要谈些体己话，不料，大门外面人声嘈杂，脚步声越来越近了。夫妻两个同时朝外面一看，只见黑鸦鸦的一片，来了一大帮子人，有男有女，女的占多数，有老有小，小孩占多数。

---

[1] 周立波：《胡桂花》，见《周立波选集》第一卷，湖南人民出版社1983年版，第341–342页。

有几个调皮孩子已经飞进邹家的灶屋，站在桂花面前了。后续部队跟着进来了。到处站满坐满了；水缸架子上也坐好几个，有个年轻堂客首先开口说：

"我们是来看一看，你下了装是什么样子。"①

接下来"来客们"的"闲谈"既评论胡桂花演得好，也诉说着各自的心事。当一个翁妈子说起自己的媳妇不像刘兰英，以为自己出众而闹离婚时，"大家都叹息，议论，痛贬那个不爱农村，想要离婚的堂客，赞佩戏里的刘兰英，也就称许了生活里的胡桂花"②。

胡桂花因饰演刘兰英而获得了一种双重人生，而这人生的叠影不正是社会主义政教—模仿美学机制的具体实现吗？花鼓戏《补锅》里的刘兰英爱上了补锅匠，生活中的胡桂花愿意跟随邹伏生在农村干一辈子；通过在舞台上获得虚拟的身份，她同时被群众辨

---

① 周立波：《胡桂花》，见《周立波选集》第一卷，湖南人民出版社1983年版，第342页。
② 同上，第343页。

识为刘兰英（美的典型）与胡桂花（现实中的一个），她获得了肯定，也肯定了自己的选择。更关键的是，邹伏生也感受到了胡桂花身上已然无法剥离的虚拟性与更为完美的一面。这里包含着"社会主义现实主义"美学至为深刻的一面。

胡光凡曾认为此篇与《扫盲志异》是姊妹篇，从主题上来说确有相近性。但从内容设定与人物配置来看，其实也很接近《在一个星期天里》。首先，两篇作品都触及了文艺活动，但对于杜清泉来说，画画属于自己的兴趣爱好，是自己的"气质"问题；但对于胡桂花来说，演戏是一种"文化革命"，是自我的趣味、特长与"组织群众的生活"相统一，是塑造更普遍的"气质"的实践。其次，杜清泉与王俊兰在小说结尾处肩并肩地沿着山边的路径往城里走去的场景，与胡桂花、邹伏生为军属龙妈担柴禾而同行的样子也有着某种相近性。但后一幕更加充盈着新气息，包含着一种亲密无间的夫妻伦理实体向外部拓展其力量的意味，乃至成为一种真正意义上的"社会主义风景（气）"：

两人再度上路。他们挑起担子,踏着秋天早上的露水,浴着金黄色的太阳光,轻松、舒畅地往军属龙妈家走去。①

三 结语

今天来看,为何这一单纯的场景仍能传递出一种巨大的感染力?是因为在此,劳动、自然、博爱、爱情、家政、政治之间能够"呼吸相通"。这可能是对于周立波二十世纪五六十年代农村题材短篇小说创作最恰切的审美收束,也是其风格政治的凝缩表达。那些活在"自然历史"向"真正的历史"转型中的平凡而伟岸的人们,因为周立波细腻的笔触而拥有了一种"回视"我们的机会。在"接生员"式的革命思路中,"以小见大"中折射的伦理难题,代际和解与代际抵牾,"经验的辩证法",当家人治家的危与机,城乡物质变换关系的讽喻,"景气"范畴的激活以及别样

---

① 周立波:《胡桂花》,见《周立波选集》第一卷,湖南人民出版社1983年版,第345页。

"文化革命"思路，构成了作为"生"之"态"的社会主义生活世界及其难题的动人再现，勾描出一个从生产劳动、生活组织、伦理—政治关系，到知识转化、经验传承、感性重铸等方面贯通起来的总体世界。这些曾经努力生活着的灵魂也期待着我们在新的历史条件下，将作为"生"之"态"的社会主义生活世界的可能性去完全测绘与打开。

（本文原刊于《中国现代文学研究丛刊》
2021年第4期）

陈培浩

个人简介

陈培浩，1980年6月出生，现为福建师范大学文学院教授、博士生导师，福建师大现代汉诗研究中心副主任。第十一届茅盾文学奖评委。兼任中国现代文学馆特邀研究员、广东省文学评论创作委员会副主任、花城文学院签约评论家等。获第十一届唐弢青年文学研究奖、《当代作家评论》《中国当代文学研究》优秀论文奖、华语青年作家奖·新批评奖、福建省百花文艺奖等奖项。近年已在《文学评论》《中国现代文学研究丛刊》等重要学术刊物及《人民日报》《文艺报》等权威报纸发表论文近百篇。论文多次被《新华文摘》《人大复印资料》等平台全文转载。主持或参与国家及省部级研究项目多项。已出版《歌谣与中国新诗》《互文与魔镜》《正典的窄门》《迷舟摆渡》《阮章竞评传》《阮章竞年谱》《麦家论》等著作多部。

授奖词

陈培浩的《"现代汉诗"与中国诗学"当代性"的生成》紧紧抓住"现代汉诗"与"当代性"两个概念,将其作为现象及理论问题展开探讨。论文涉及如何看待现代性,如何面对现代性的产生和展开,如何面对非西方艺术在现代化与主体性之间取得复杂、微妙、艰难的平衡等重要问题,为现代汉诗研究提供了富于启发性的新思路。

"现代汉诗"与中国诗学"当代性"的生成

一 作为文学启新机制的"当代性"

近二十年来,对于中国当代文学学科来说,历史化和当代化构成了学科前进的车之两轮、鸟之两翼。关于"历史化"的讨论和实践甚多,学界对其内涵的界定实颇参差甚至含混,但总体上体现了一种使当代文学研究去批评化,更具史料基础、更重考证理据、更具方法论和历史视野,从而更有成熟学科合法性的研究倾向。某个意义上说,"历史化"就是以更复杂的历史学科制作工艺,将某阶段的文学现象打包、封印并送进历史。这边厢,"历史化"这套知识工艺方兴未艾,那边厢"当代化"的知识生产车间(或审美实验室)也热火朝天。"历史化"冲动背后是对"当代"与"历史"天然矛盾的焦虑,"当下"乃是最切身的"当代",其正处于晦暗未明、胶着对峙之中,如果"当下"不能被有效地辨认、分类、命名和盖棺论定，送上"历史叙述"的陈列架，"当代文学"就免不了在"古典文学""现代文学""文艺学"等成熟学科面前抬不起头来的尴尬和焦虑。"当代化"的发动机则装在"当代文学"天然还要走下去的双腿上。当代文学区别于古典文学、近代文学、现代文学等学科的，就在于其"未完成性"。上述其他学科对象都具有鲜明的"完结性"，学科的研究对象都走进了历史，"未完成"的只是研究者历史叙述的知识工艺。但对当代文学学科来说，新的作家、作品和审美现象还在源源不断地产生，当代文学不待扬鞭自奋蹄，但前路究竟是沼泽迷途还是康庄大道，在"一切坚固的都烟消云散了"的文化境遇中，置身于不断裂变的现实和随时失效的书写构成的炸裂漩涡中，文学的"当代化"在作家那里是如何在叙事与时代之间不断对焦，如何定格交叉小径的审美花园中的内在景观；在理论家处，文学的"当代化"则是带着狗鼻子上路，对崭新的文学实践作出辨认、预判，疾言厉色或为之鼓与呼，都源于对新的迫切性和有效性的坚定执念。某种意义上，艺术"当代化"的过程，就是对"当代性"的辨认过程。

"当代性"近年又成热点，讨论却非始于近年。

早在二十世纪八十年代初，中国文学界就有一场关于"当代性"的讨论，当时便有学者将这一概念溯源到别林斯基《论巴拉廷斯基的诗》中去。[1] 不过，随后评论家李庆西便反驳：即使"当代性"一词最早见于别林斯基，也不意味着别林斯基之前的时代就没有"当代性"的思想。[2] 李庆西反对用机械反映论去理解文学与现实的审美关系，认为文学的当代性可以有不同的表现。不难发现，对文学"当代性"的讨论，投射着文学批评在新的时间节点辨认新生活和新审美，凝聚新的当代意识的冲动，发挥了批评启新的功能。换言之，讨论"当代性"，蕴含着在复杂文学场域和话语博弈中向前走的问题意识和思想潜能。

已有文学研究主要从以下几个层面使用"当代性"概念：一、将其作为现实性（时代性）、现实感（时代感）、现实生活内容的转喻，从内容和审美两方面界定文学"当代性"的呈现方式。使用者通常把"现实"自明地当成"当下现实"，因而具备"现实性"

---

[1] 见王东明：《关于文学的当代性的思考》，《文学评论》1984年第1期。
[2] 见李庆西：《文学的当代性及其审美思辨特点》，《文学评论》1984年第4期。

便被视为具备"当下性"及"当代性"。二、将其作为与"现代性"对举的概念。此种视域下的"当代性"常近于"后现代性"。三、将"当代性"视作"现代性"的一部分，认为"当代性"作为不断滑动的能指，没有凝固的、确定的所指。不难发现，对"当代性"的讨论，总是内置着"锁定"与"开放"的对抗和张力："当代性"概念的巨大切口，使其本身也需要被清理和界定，获得相对稳定的内涵。另一方面，由于"现代性"这一理论概念吸引了包括哲学、历史学、社会学、政治学、文学、人类学等大量学科顶级思想者的无数论述而成为影响深远的巨型话语，一些有抱负的学者也试图将"当代性"建构成与之对应的理论范畴，这就使得锁定"当代性"论述成为一种孜孜不倦的努力。但是，"当代性"天然内置自我更新的动力装置，彼得·奥斯本认为当代性"在把现在与它所以认同的最切近的过去拉开距离方面，产生了立竿见影的效果"。[1]事实上，"当代性"既是一种将当下从过去中区分出来的时间意识，也是一种通过辨异创

---

[1] [英]彼得·奥斯本:《时间的政治》，王志宏译，商务印书馆2014年版，第30页。

造新价值的召唤性机制。在看似自明的"当代文学史"时间范围中,通过"当代性"装置创造"更新的"文学这一冲动从未衰竭。由此,"当代性"就拥有了持续向未来开放的一面。

2020年世界性的疫情灾难之下,丁帆先生惊呼"人类的意识形态发生了巨大紊乱、逆转和抵牾,原来从单一到多元的前现代、现代和后现代的叙事交流话语已经紊乱,甚至连理论家都无法用自洽理论去阐释现实世界的突变现象"。[1]世界常变,使"当代性"话语常新。关于"当代性",我更愿意将其视为一套启新的动力装置。换言之,虽然人们不断惊呼第三次技术革命的到来,但几次技术革命内部之间并不能区分出一种完全不同的社会和思想形态,如近现代从古代那里区分出来那样。因此,某种意义上,"当代性"可能确实只能居于"现代性"的延长线上,作为"现代性"的变体和新形态出现,而无法成为在理论内涵和稳定性上与"现代性"对标的概念。"当代性"内在的活跃性使其不可能被某一节点凝定,这决定了对

---

[1] 丁帆:《"当代性"与马克思主义批判哲学视域下的文学批评与阐释》,《当代作家评论》2021年第1期。

"当代性"的讨论只能语境化地展开，不可能通过理论思辨一网打尽。因此，不先验地锁定"当代性"理论内涵，也不简单地将"当代性"当作"时代性"和"现实性"的转喻，但又试图延续"当代性"天然的活力和动能，本文倾向于将"当代性"当作一个动词，一种启新的文化程序，"当代性"的意义就在于它是一个不断自我生成、蕴含着否定辩证法的动力机制。不管是评价文学创作还是文学理论，其是否具有"当代性"，最关键的标准在于它是否具有鲜明的问题意识，其理论或实践是否既将既往艺术方案问题化，又提供了崭新的、有效的艺术方案。

本文将以二十世纪九十年代以来学界对"现代汉诗"的探讨，反思这套诗学方案与中国诗学"当代性"的生成过程中的规律与得失。行文中，"当代性"与"现代汉诗"将始终被置于引号内，是因为：并不存在绝对、普适、放之四海而皆准的当代性，而只有特定语境、领域和条件下的"当代性"。因此，讨论诗歌"当代性"，并不否定小说、戏剧、散文等其他文类的独特"当代性"路径。我认同这种看法：没有"任何一种以特定诗歌经验为对象的'诗学'，有权力根据特殊的经验对象,把自身确立为某一特定知识范围内唯一有效的'诗学'理论,拒绝其他'诗学'理论的批判和检验"。[①] 本文试图通过对"现代汉诗"和"当代性"的探讨,在自觉的限度意识下,激活多种"当代性"的间性交往。

二 "现代汉诗":一份民刊和一个命名的"当代性"

"现代汉诗"常被视为现代汉语诗歌的简称,并作为可以跟"新诗"互换的表述,但需意识到这个概念与"新诗"的差异背后的问题意识和方法论。当我们将"现代汉诗"视为"新诗"的当代性方案时,我们首先要弄清的是:这个概念从何而来?

"现代汉诗"一词被用于现代汉语诗歌领域,并逐渐成为具有问题意识和方法论内涵的诗学话语是二十世纪九十年代的事情。现在不少论者将美国加州

[①] 段从学:《中国现代诗学的可能及其限度》,张桃洲、孙晓娅主编:《内外之间:新诗研究的问题与方法》,社会科学文献出版社 2012 年版,第 252-253 页。

大学奚密教授 1991 年由耶鲁大学出版社出版的英文著作 Modern Chinese Poetry: Theory and Practice Since1917 视为"现代汉诗"概念的第一次自觉理论建构。这种判断可能忽略了 Modern Chinese Poetry 与"现代汉诗"的跨语际意义差异：奚密著作由英文写成，直到 2008 年才出中文版本。事实上，不是大陆学界得到奚密 Modern Chinese Poetry 的启示而有"现代汉诗"之命名和研究，反是奚密得到大陆诗歌界"现代汉诗"命名的启发将 Modern Chinese Poetry 译为"现代汉诗"，并对此概念产生了更强的理论自觉。

在英文学术语境中，Modern Chinese Poetry 对应的是在海外汉学界普遍使用的 Modern Chinese Literature 这一上位概念，Modern Chinese Poetry 根据字面更确切对应的是"现代中文诗歌"，并无"现代汉诗"这一概念在汉语语境中的新创性。在奚密的英文论著中，Modern Chinese Poetry 指 1917 年文学革命以来的新诗，其学术方法自有独创之处，但并未对 Modern Chinese Poetry 这一概念进行自觉理论建构。因此，奚密之 Modern Chinese Poetry

并不必然就是汉语的"现代汉诗",其上位概念 Modern Chinese Literature 也更多译为"中国现代文学"而非"现代汉语文学"。1991年,奚密在《今天》第三、四期合刊上撰文《从边缘出发:论中国现代诗的现代性》;1999年,奚密与崔卫平对话《为现代诗一辩》发表于《读书》第五期。二文采用的都是"现代诗"的称谓。1999年,奚密汉语论文《中国式的后现代:现代汉诗的文化政治》[①]则使用了"现代汉诗"这一称谓。2000年由广东人民出版社出版的《从边缘出发:现代汉诗的另类传统》同样采用"现代汉诗"这一译名。可见 Modern Chinese Poetry 的汉译在奚密存在着从"中国现代诗"到"现代汉诗"的变化。这与二十世纪九十年代大陆的诗歌界的相关实践有密切关系。

1991年,芒克、唐晓渡等人创办的一份诗歌民刊被命名为《现代汉诗》,这是"现代汉诗"概念首次被用于指称现代汉语诗歌。此前,相关称谓主要有产生于五四时代的"白话诗""新诗";产生于八九十年代的"朦胧诗""第三代诗""先锋诗""实

---

① 见贺照田主编:《学术思想评论》第5辑,辽宁大学出版社1999年版。

验诗"等;台湾地区则主要称"现代诗",并无"现代汉诗"之说。因此,这一称谓本身便具有命名和新创的意味。九十年代以前,"汉诗"在中国的学术语境中主要指汉代诗歌;在海外学术语境中则指"中国古典诗歌"。1986年,由宋炜等人编的《汉诗:二十世纪编年史》首次将"汉诗"概念用于指称现代汉语诗歌,虽未取得广泛影响,但它提示了一种从母语视角进入现代诗歌的思路,对日后"现代汉诗"概念的形成产生了影响。"现代汉诗"这一命名出现后获得广泛认可,既被作为一些诗歌刊物、选本的名称,也在王光明、奚密等学者的阐释中获得理论内涵和方法论意义,但《现代汉诗》的创刊者,并无人对此命名的由来缘起、意旨兴寄、微言大义做出说明与揭示,显见此概念超乎初创者预想的活力与潜能。①

---

① 关于《现代汉诗》的命名,诗人默默倒是在文章中宣称该归于其名下:"1990年冬,与芒克、唐晓渡、林莽、梁晓明、金耕等创办《现代汉诗》,宗旨是要把那些真正的诗人他们的真正的佳作公之于世。作为创办者和《现代汉诗》的命名者,我自然是干得热火朝天,约稿信像雪片似的洒向全国各地。"见默默:《把李森揪出来千刀万剐》,《星星·诗歌理论》2010年3月(下半月)。唐晓渡在接受笔者电话采访时认为,据他的回忆,这个命名应来自他的创意,当然不排除不谋而合的可能。

《现代汉诗》创刊于1991年，首年分春夏秋冬四卷，采用的是相同的大红色封面，由"现代汉诗"四个繁体华文琥珀体黑字占满，设计的"简单粗暴"既燃烧着上个时代诗歌革命的激情，又隐含着向新时代转型的信息。收录的作品则兼有诗歌和诗论，据唐晓渡介绍，《现代汉诗》坚持发表原创，但参与其间的诗人都是一时之选，以1991年春季号为例，发表了包括杨炼、欧阳江河、吕德安、于坚、梁晓明、翟永明、王家新、韩东、邹静之、西川等诗人的作品，还有已故诗人海子尚未发表的遗作。《现代汉诗》1991年冬季号开始发表诗论，当期有耿占春《语言的欢乐》、西川《悲剧真理》、于坚《拒绝隐喻》等文章。诗歌和诗论都投射着中国当代诗人们对巨大时代转型的困惑、迷惘和努力消化的情绪，诗论则颇为明显地显示了某种通过语言重建意义的倾向，无疑都是深具"当代性"的。

西川认为八九十年代转型之际"诗人们对一种强大的精神存在的期盼迎来了一些全国性的民间诗刊的创立，其中首推《现代汉诗》"。[1] 何以对时代转型

---

[1] 西川:《民刊:中国诗歌小传统》，杨克主编:《中国新诗年鉴2001》，海风出版社2002年版，第471页。

中"强大的精神存在的期盼"会召唤出"现代汉诗"这一崭新命名?"现代汉诗"这一命名又承载了何种新的美学理念与立场?一般而言,置身于某种民族语言内部的写作,并不会刻意去强调其民族语言的身份。这是何以此前更多称"新诗""现代诗",而不强调"汉诗"这层意思。事实上,"现代汉诗"这一概念的出场,强调的也不是"汉诗"的民族语言身份,而是"现代汉语"的语言质料。换言之,从二十世纪八十年代的诸多诗歌称谓到二十世纪九十年代"现代汉诗"的转换,显示的是"现代汉语"这一语言质料得到前所未有的重视,隐含的是一种当代诗从政治和文化撤退,到语言中重建意义和价值的"语言转向"。

自1992年开始,《现代汉诗》封面上开始出现中英文刊名,英文刊名正是 Modern Chinese Poetry。换句话说,"现代汉诗"不是对 Modern Chinese Poetry 进行的汉译,相反,Modern Chinese Poetry 是作为"现代汉诗"的英译。九十年代大陆诗歌界的探索对奚密产生了真切影响。2000年,奚密《从边缘出发:现代汉诗的另类传统》由广东人民出版社出版,此书乃奚密首次将 Modern Chinese Poetry 译为"现代汉诗"的论著。作者在后记中感谢了芒克、孙绍振、唐晓渡、王光明等"多年来曾提供给我宝贵资料的诸位"大陆诗人及学者，特别感谢"在百忙中抽空为我翻译第二章的唐晓渡先生"。[①] 奚密的研究对大陆学界的最新潮流非常敏感，她坦言其研究对现代汉诗"非主流倾向"的强调可以从陈平原、陈思和等学者处"找到共鸣"。不难发现，"现代汉诗"作为汉译是奚密有感于中国大陆学界自九十年代中期兴起的"现代汉诗"研究氛围，并受到唐晓渡直接影响的结果。一个由中国《现代汉诗》创办者主动确定的英文译名影响了英文语境中的中国现代诗歌研究者奚密，其理论实践使 Modern Chinese Poetry 与"现代汉诗"对译关系被自明化。人们遂以为"现代汉诗"概念乃西方汉学影响大陆学术的结果，实与事实相去甚远。

此番辨析，其意旨实非关命名归属权，以及大陆和海外汉学之间的"文化领导权"。实际上，大陆和

---

① 奚密：《从边缘出发：现代汉诗的另类传统》，广东人民出版社 2000 年版，第 257 页。

海外的"现代汉诗"研究各有其问题意识、贡献和限度。我更感兴趣的是,二十世纪九十年代以降海内外的诗学问题意识何以集结在"现代汉诗"这一命名之下?其各自的出发点和问题意识何在?它们如何在各自的语境中成为"新诗"的"当代性"方案?

三 "现代汉诗":诗学"当代性"的内部张力

由于内在呼应和凝聚着某种转折时代的诗学共识,民刊《现代汉诗》所确立的新称谓在九十年代获得了越来越多的学术阐释。1995年,王光明及其学术团队开始"现代汉诗的百年演变"的研究;1997年,福建师范大学等单位主办的"现代汉诗国际学术研讨会"在武夷山召开,"现代汉诗"这一学术概念得到全方位探讨;1998年,王光明在《中国社会科学》第4期发表《中国新诗的本体反思》一文,阐述以"现代汉诗"这一现代中国诗歌的形态概念取代含混的"新诗"概念的必要性;2003年,王光明《现代汉诗的百年演变》一书由河北人民出版社出版;2008年,奚密《现代汉诗:一九一七年以来的理论与实践》由上海三联书店出版。以上是"现代汉诗"研究历程中的重要节点。王光明和奚密是大陆和海外最自觉地进行"现代汉诗"理论建构,并产生了较大影响的学者,关于他们的研究评述甚多。[①] 青年学者刘奎敏锐地意识到王光明的"现代汉诗"研究反思"新诗"唯新情结,希望借由"现代汉诗"这一更加平和中正的概念使诗获得文类秩序的稳定性;而奚密则肯定"现代汉诗"草创阶段的革命精神,"试图找到中国现代诗人如何借鉴西方资源,进而建构现代汉诗自身的独特形

[①] 孙玉石、洪子诚肯定王光明史论著作《现代汉诗的百年演变》在时空结构上的整合性和贯通性及"以问题穿越历史"的史述方法;谢冕肯定王光明"呼唤诗的艺术自觉"的本体立场。姜涛、张桃洲、荣光启、伍明春、赖彧煌、陈芝国等人也对王光明"现代汉诗"的"本体诗学""问题诗学""现代汉诗史建构"有多角度论述。洪子诚、姜涛、张桃洲等学者对王光明"现代汉诗"史述存在的"理想主义""本质主义"倾向提出商榷。张松建、翟月琴、张晓文、董炎等概括奚密"现代汉诗"研究的"边缘诗学""中国主体性""四个同心圆"方法论和整合广大华语地区的学术视野,勾勒奚密为"现代汉诗"的革命精神一辩的理论立场,肯定了奚密对"影响-反应"论的超越和中国主体性立场的强调。洪子诚则对奚密"现代汉诗"研究中存在的非历史化倾向提出商榷。

式"。[①] 王光明和奚密都重视"现代汉诗"概念整合海内外现代汉语诗歌的涵纳性,但他们的问题意识却各有差异,生成了错动而互补的诗学"当代性"方案。

王光明的问题意识更多基于中国大陆的文化语境和诗歌进程。进入二十世纪九十年代以后,随着中国大陆社会和文化的转型,反思现代性成了重要的学术议题。不少新诗研究者意识到,内化现代性无限向前的直线时间观,新诗的"唯新"情结将使其无法在文类的象征秩序上走向稳定和成熟。因此,以现代汉语为标识的"现代汉诗"出示了将母语置于新诗优先性地位的研究进路。王光明认为"现代汉诗"对"新诗"的反思"不是给定的,而是生成的",它追问的是新诗的展开如何既坚持现代性,又反思现代性;既坚持"对非常情绪化的五四'新诗'革命的反拨"和反思,又反对以凝固的"古典性"来反思现代性。[②] 换言之,即坚持在现代性内部反思现代性,"从现代汉语出发又不断回到现代汉语的解构与建构双重互动的诗歌实

[①] 刘奎:《"现代汉诗"的概念及其文化政治——从奚密的诗歌批评实践出发》,《世界华文文学论坛》2019年第2期。
[②] 王光明:《中国新诗的本体反思》,《中国社会科学》1998年第4期。

践中去";"正视中国现代经验与现代汉语互相吸收、互相纠缠、互相生成"。[1]反思新诗难处在于如何站在现代性困境的内部继续推进现代性。因此,这种问题意识使王光明将"现代汉诗"视为一场未完成的探索:"它面临的最大考验,是如何以新的语言形式凝聚矛盾分裂的现代经验,如何在变动的时代和复杂的现代语境中坚持诗的美学要求,如何面对不稳定的现代汉语,完成现代中国经验的诗歌'转译',建设自己的象征体系和文类秩序。"[2]王光明的"现代汉诗"理论令人想起本雅明对弥赛亚时间的建构,意识到现代性的危机,那种不可逆的直线时间所催生的凝聚困境,本雅明在深刻地揭示了机械复制时代艺术作品审美逻辑的转型之后,致力于在现代性的时间中召唤一种弥赛亚的神学时间。[3]某种意义上,王光明乃是在意识到新诗不可逆的"唯新"性所带来的减损效应,便寻求以"现代汉诗"凝聚性的诗学时间补足"新诗"的直线时间。

---

[1] 王光明:《中国新诗的本体反思》,《中国社会科学》1998年第4期。
[2] 王光明:《现代汉诗的百年演变》,河北人民出版社2003年版,第639页。
[3] 见胡国平《弥赛亚时间的建构》,《文艺理论研究》2012年第10期。

王光明的"现代汉诗"研究，以本体诗学和问题诗学二特征最为显豁，后续回应最众。所谓本体诗学是指对现代汉语和相对稳定的诗歌文类秩序孜孜不倦的探求。后继者如张桃洲的《现代汉语的诗性空间——新诗话语研究》[1]阐述现代汉语与古典汉语的差异性如何影响着现代汉诗的诗性空间，论之甚详，令人信服。二十世纪以来，关于现代格律诗的探讨不绝如缕，这些诗歌本体研究也多获得了一种重"声"而轻"律"的思维，如李章斌以为"不可能强求诗人去构建一些公共的、明确的形式规则"，[2]而只能去思考种种个体化的韵律；李心释则揭示"声、音、韵、律诸概念之间的差异"，对此缺乏辨析，"以致既有人钻进格律陷阱重新自缚手脚，又有人完全抛弃诗歌的声音追求，在歧路上徘徊"。[3]王光明的研究反对

---

[1] 张桃洲：《现代汉语的诗性空间——新诗话语研究》，北京大学出版社2005年版。
[2] 李章斌：《韵之离散：关于中国当代诗歌韵律的一种观察》，《中国当代文学研究》2020年第3期。
[3] 李心释：《诗歌语言中"声、音、韵、律"关系的符号学考辨》，《江汉学术》2019年第5期。

锁定历史，提倡开放历史的问题空间，这种问题化的研究方式，为越来越多诗学研究者所共享。有论者就认为"以新诗发生与发展过程中的'诗学问题'作为基本导向，在呈现自身'问题意识'的过程中，不断唤起'读者'的'问题'理念"①乃是近年新诗史研究的新范式。

美国的奚密教授使"现代汉诗"研究获得了内部的张力和对话性。奚密的问题意识来自：一、为现代诗一辩；二、为汉语新诗一辩。前者来自更加庞大的古典诗歌研究传统的压力，后者则来自欧洲文化中心主义的压力。奚密强调古典汉诗"在汉语里的长期积淀意味着其美学典范的自然化和普世化"，②但"现代诗"构成了自成一体的美学典范，其独立性必须被充分意识到。奚密研究有一重要的论辩对象来自宇文所安——注意到他作为研究中国古典诗歌的汉学家身份绝非没有意义。1990 年 11 月 19 日，宇文所安在

---

① 张凯成：《作为方法和研究范式的"新诗史"》，《江汉学术》2020 年第 3 期。
② 奚密、翟月琴：《"现代汉诗"：作为新的美学典范》，《世界华文文学论坛》2019 年第 2 期。

《新共和国》发表了一篇关于北岛诗歌的评论文章《什么是世界诗歌?》。宇文所安的文章并未迅速在国内产生回应,然而却引起了海外汉学研究界很多批评的声音。"针对这篇书评影响最大的早期回应是奚密的《差异的忧虑——一个回想》",[①] 直到2006年大陆才由《新诗评论》刊出此文,同期还译介了宇文所安发表于2003年的另一篇文章《进与退:"世界诗歌"的问题和可能性》。《什么是世界诗歌?》的偏见和洞见同在:文章以北岛为例,揭橥想象的"世界诗歌"背后不平等文化权力秩序,嘲讽那些提供透明的"地方性"以加入"世界诗歌"的精心迎合之作。宇文所安本意在切入二十世纪末世界文化政治的症候:"我们看到一个奇特的现象:一个诗人因他的诗被很好地翻译而成为他自己国家最重要的诗人。"[②] 但是,却

---

① 见[美]宇文所安:《进与退:"世界诗歌"的问题和可能性》,洪越译,田晓菲校,《新诗评论》2006年第1辑,北京,北京大学出版社。原载《现代语文文献学:中世纪与现代文学研究集刊》(Modern Philogy)2003年5月号,芝加哥,芝加哥大学出版社。
② [美]宇文所安:《什么是世界诗歌?》,洪越译、田晓菲校,《新诗评论》2006年第1辑,北京,北京大学出版社。原文宇文所安(Stephen Owen): "What is World Poetry",载《新共和国》(New Republic),1990年11月19日。

不可避免地陷落于"东方主义"的陷阱：宇文所安将北岛的诗歌地位跟翻译绝对地关联起来，暗示了在其评价尺度中，中国的本土性因素被置于无足轻重的地位。此外，宇文所安反对"世界诗歌"文化政治催生的怪象，却不自觉地袭用了其背后的"世界/地方"逻辑，将中国诗歌区分为价值失重的两端："犀利、机智；充满了典故和微妙的变化"的古典诗和"脱离历史""文字可以成为透明的载体，传达被解放的想象力和纯粹的人类情感"[1]的新诗。基于顽固的"东方主义"思维，西方学界（不仅是汉学界）总是把中国想象成伟大的古典中国和不断贬值的、作为西方劣质模仿品的现代中国两部分。对本质化的静态"中华性"的深描中包含了对现代中国文化主体性的无知和傲慢。不妨说，奚密的学术工作是在欧洲中心主义的偏见世界中为现代汉诗的合法性论辩。多年来，奚密致力于向英语世界译介"现代汉诗"，与威廉·兼乐、宇文所安和郑敏等"现代汉诗"批评者论辩，孜孜不

---

[1] [美]宇文所安：《什么是世界诗歌？》，洪越译、田晓菲校，《新诗评论》2006年第1辑，北京，北京大学出版社。原文宇文所安(Stephen Owen): "What is World Poetry", 载《新共和国》(New Republic)，1990年11月19日。

倦地为在现代社会中已居边缘的现代汉诗伸张文化主体性。

奚密的"现代汉诗"论辩置身于"世界文学"语境中第三世界文学挥之不去的身份焦虑之中，力求确认世界现代转型的普遍进程中多元现代性和现代中国文化主体性兼容的可能性。奚密和王光明的"现代汉诗"建构恰好构成了"现代性"两个分题的合题：奚密以论辩的姿态确认非西方现代性的可能性；王光明则以反思的姿态确认非西方现代性自我反思和自我更新的努力。事实上，正是由现代性内部出发的现代性反思的持续存在，一种具有活力的非西方现代性才会持续葆有活力。

回看"现代汉诗"这一概念的理论旅行：它产生于九十年代初诗歌界对中国社会转型和文化危机的应对之中，由国内影响于海外，又经海外再影响于国内，兼容了差异化和错动的问题意识，反而具有了不可多得的理论张力。以诗学"当代性"生成的视角观之，一个新的诗学概念、命名、理论或话语并不必然就是"当代性"，生成"当代性"的要义在于新诗学所创造出来的理论纵深和思想共振。"现代汉诗"命题的理论纵深在于，它产生于九十年代，却超越九十年代而成为一个世纪的诗学命题；它产生于中国大陆，却成为一个扩展于海内外的世界性命题。换言之，"现代汉诗"的理论实质是如何看待现代性，如何面对现代性的产生和展开，如何面对非西方艺术在现代化与主体性之间复杂微妙而异常艰难的平衡。甚至可以说，自"新诗"革命以来，尚没有哪一个诗学命题的理论纵深可与之相比，即便是新诗史上大名鼎鼎的"朦胧诗""第三代诗""先锋诗"，它们都是一个时代的诗学命题，而不是一个世纪的诗学命题。因此，"现代汉诗"乃是"新诗"的当代性方案，既是新诗革命的反思，也是新诗建设的续航。

"现代汉诗"的理论旅行提示着，一种具有文化共振、张力和兼容性的理论才是具有活力的理论。事实上，即使我们不同意宇文所安的一些观点，但其某些问题意识却依然包含于"现代汉诗"的话语场之中。宇文所安认为国家文学体制及其文学史叙事排斥了现代的古典诗。这一对古典汉诗的推崇所衍生的对"现代汉诗"的批评后面则演变为要求拓宽"现代汉诗"的内涵。2009年，宇文所安的妻子和合作者——

田晓菲的文章《仿佛一坡青果说方言——现代汉诗的另类历史》[①]被译介发表于国内,文章所指"现代汉诗"内涵并非习见的"现代汉语诗歌",而是"现代的汉语诗歌",由此"现代汉诗"这一概念包含了"现代汉语诗歌"和"现代的古典汉语诗歌"两个层面。虽然对"现代汉诗"概念的这种使用方式,并未获得更多共鸣,但要求重视现代社会的古典汉诗,却不乏同调者,近年甚至成为某种热门的研究。此外,关于"现代汉诗"的批评也来自少数民族文学研究界。"现代汉诗"这一命名本是为了规避"中国现当代诗歌"这一以民族国家文学名义进行全称判断的概念在面对少数民族语言诗歌时的乏力和窘迫,但依然被视为保护着民族傲慢和汉民族中心主义。[②]这些批评虽然并不完全成立,但批评的存在反而说明"现代汉诗"所激发的诗学辐射波的存在,印证了"现代汉诗"仍在继续它的理论旅行。无疑,"现代汉诗"理论既不为某一人所专美,也远不是已经完成的话语。

---

① 田晓菲:《仿佛一坡青果说方言:现代汉诗的另类历史》,《南方文坛》2009年第6期。
② 见姚新勇:《虚妄的"汉诗"》,《扬子江评论》2007年第5期。

要使"现代汉诗"理论具有真正的"当代性",就必须警惕其独断性和封闭性,已有的"现代汉诗"理论建构,完成了在"世界诗歌"语境中关于中华文化主体性的论辩和反思现代性背景下现代性如何继续推进的难题,但"现代汉诗"内部能否成为与西方现代主义诗学对话的当代"中国诗学",仍召唤着新的阐释者和建构者。

四 二十世纪九十年代的文化转型与中国诗学"当代性"的追寻

"现代汉诗"这一概念在二十世纪九十年代初的提出,实质是现代汉语在当代诗学方案中地位的凸显,看似妙手偶得,却隐含着时代的文化无意识。讨论"现代汉诗"理论的"当代性",必须回到它产生的特定时代,考察其凝聚的时代意识,其所处的社会转型,以及其置身其中的诸多理论设计。此间,旧范式在新现实面前周转不灵而释放的文化焦虑,激发出种种"当代性"方案,获取着诗学新的有效性。不妨说,"现代汉诗"与"九十年代诗歌""历史的个人化""语言的欢乐""知识分子写作""叙事性""拒绝隐喻"等九十年代诗学话语分享着同样的文化危机和诗学焦虑,甚至也不乏相近的问题意识和思想资源,但从当代性诗学生成的角度看,却是"现代汉诗"理论更深地切入了中国诗学的腹地。

且回到八九十年代之交的当代诗学焦虑的漩涡。关于时代转折带来的诗学震荡,欧阳江河这段话被引述甚多:"在我们已经写出和正在写的作品之间产生了一种深刻的中断。诗歌写作的某个阶段已大致结束了。很多作品失效了。"[①] 这种断裂性体验为很多诗人所共享,"青年们的自恋心态和幼稚的个人英雄主义被打碎了";[②] "我的象征主义的、古典主义的文化立场面临着修正"。[③] 王家新说:"一个实验主义时代的结束,诗歌进入沉默或是试图对其自身的生存

---

① 欧阳江河:《1989年后国内诗歌写作、本土气质、中年特征与知识分子身份》,《站在虚构这边》,生活·读书·新知三联书店2001年版,第49页。
② 西川:《答鲍夏兰、鲁索四问》,湖南文艺出版社1997年版,第242页。
③ 西川:《大意如此》,湖南文艺出版社1997年版,第2页。

与死亡有所承担。"① 八九十年代的社会文化转型一定曾予诗家们以满脑空白的眩晕，此间仍有秉持着痛苦的崇高姿态从八十年代的精神高空继续俯冲进九十年代的，如陈超，其完成于九十年代的《生命诗学论稿》透露的已不再是八十年代诗学顺流而下的神圣感，而是在荒凉戈壁继续神圣事业的悲壮感：

> 我在巨冰倾斜的大地上行走。阳光从广阔遥远的天空垂直洞彻在我的身体上。而它在冰凌中的反光，有如一束束尖锐的、刻意缩小的闪电，面对寒冷和疲竭，展开它火焰的卷宗。在这烈火和冰凌轮回的生命旅程中，我深入伟大纯正的诗歌，它是一座突兀的架设至天空的桥梁，让我的脚趾紧紧扣住我的母语，向上攀登。②

陈超用充满诗意的语言描述了他在九十年代初所

---

① 王家新：《回答四十个问题》，张桃洲主编：《王家新诗歌研究评论文集》，东方出版中心2017年版，第448页。
② 陈超：《从生命源始到"天空"的旅程》，张桃洲主编：《中国新诗总论1990-2015》，宁夏人民教育出版社2019年版，第83页。

感受到"倾斜"与摇晃，以及语言和生命诗学对时代地质板块碰撞的化解。生命诗学"所要涉入的精神领域，是现代诗歌与现代人生存的致命关系"。[①]存在主义与现代诗学的相遇并不始自陈超，八十年代王家新便阐释了诗与生命之思的关系，对诗人而言，只有"与世界相遇的时刻，他才成为'诗人'"。[②]但是，与正在行进时代的文化交感赋予陈超的生命诗学前所未有的悲壮感。

置身九十年代的入口，诗人与学人们深刻感到昔日的价值和话语在新现实面前苍白乏力，再继续挥舞着"主体性"和"启蒙论"的长矛与九十年代商业社会的风车鏖战，不过是"堂吉诃德"式的不合时宜。因此，重探新诗学，重建诗的价值论和方法论，已势在必行。此间，王光明的个案颇堪回味。王光明曾通过散文讲述罗兰·巴特《符号学原理》一书对于他九十年代学术认同重建的意义："我多么庆幸自己读

---

① 陈超：《从生命源始到"天空"的旅程》，张桃洲主编：《中国新诗总论1990-2015》，宁夏人民教育出版社2019年版，第83页。
② 王家新：《人与世界的相遇》，吴思敬主编：《中国新诗总系·理论卷》，人民文学出版社2009年版，第618页。

到了这本书。《符号学原理》在当时对我是一种拯救,让我明白了孤独的知识个体存在的意义。"[1] 当八十年代的文学话语及其建构的文学价值观终结之后,存在于九十年代的八十年代人就成了话语的亡灵,需要接受新的文学方法论的超度。"与法兰克福'批判的知识分子'不同,结构主义和符号学家罗兰·巴特并不把自己看做是一个用语言来改变世界的人,而是看做在语言领域中工作的人。"[2] 对于典型的"八十年代人"而言,用语言工作是为了批判并改变社会;当介入论被历史宣告失效之际,八十年代人的悲剧感是可想而知的。此时,从结构主义者那里传来福音:"在语言中工作"才是知识分子更恰当的岗位。显然,正是罗兰·巴特那种"文本的快乐"的语言本体论重建了王光明的知识认同。九十年代以后王光明从批评转向研究并在现代汉诗领域取得令人瞩目的成果,这里包含的从批评到研究的转型以及知识方法的转型显然是具有典型性的。

---

[1] 王光明:《一本书的拯救》,《边上言说》,海峡文艺出版社2011年版,第23页。
[2] 同上。

事实上，理解八九十年代诗学转折，必须从诗与社会关系之变化入手。"如果说，诗歌在1980年代很大程度上参与了那个时代文化氛围的营造（那些充满激情的书写与当时的理想主义文化氛围和审美主义文化观念是合拍的），甚至一度处于社会文化瞩目的'中心'；那么在1990年代的历史语境中，诗歌与社会文化的关系开始变得若即若离，直至全然退出后者关注的'视野'。"[1]诗人身份因之也发生种种变迁："从一体化的体制内的文化祭司，到七十年代末至八十年代末与'体制'、'庞然大物'既反抗又共谋又共生的文化精英，到九十年代以来身份难以指认的松散的一群人。"[2]

诗人们在八十年代的自我认同是先知和英雄，八十年代诗歌在语言上是一场现代主义运动，但在氛围上却是浪漫主义的，诗由是被赋予某种超灵的属性。

---

[1] 张桃洲：《从边缘出发：范式转换与视野重构》，《中国新诗总论1990-2015》，宁夏人民教育出版社2019年版，第1页。
[2] 周瓒观点，见洪子诚：《在北大课堂读诗》，长江文艺出版社2002年版，第424页。

"诗之所以为诗,因为它属于理想。"[①] "诗人,我认为除了伟大他别无选择。……伟大的诗人乃是一种文化的氛围和一种生命形式,是'在百万个钻石中总结我们'的人。"[②] 这种关于诗歌和诗人的浪漫主义表述在八十年代是具有社会共识的。曹丕谓文章为"经国之盛事,不朽之事业"。这种崇高意识在八十年代诗歌中是广泛存在的,诗歌虽涉日常,仍在承担着时代、社会和民族。九十年代初,诗人们最煎熬的是他们在新时代一脚踩空,不再是文化英雄,需要生成诗与社会新的契约。八十年代韩东就提出了"诗到语言为止"的观点,但彼时并没有被普遍接受,只有进入九十年代以后,诗歌通过语言来落实社会承担的观点才获得普遍接受。因此,T·S.艾略特"诗人作为诗人对本民族只负有间接义务;而对语言则负有直接义务"[③]的观念在九十年代以后的中国流传甚广,原因

---

① 金丝燕:《诗的禁欲与奴性的放荡》,《诗刊》1986年第12期。
② 欧阳江河:《诗人独白》,唐晓渡、王家新编:《中国当代实验诗选》,春风文艺出版社1987年版,第132页。
③ [英]T·S.艾略特:《艾略特诗学文集》,王恩衷编译,国际文化出版公司1989年版,第243页。

是"时代语境变了,诗人对语言和现实关系的理解也与过去不大一样了,诗正在更深地进入灵魂与本体的探索,同时这种探索也更具体地落实在个体的承担者身上"。[①]

九十年代的诗学现场,"九十年代诗歌""个人化的历史想象力""拒绝隐喻""语言的欢乐""作为写作的诗歌""生命诗学""叙事性""口语写作""知识分子写作""民间写作"等命题,构成了诗学"当代性"新的设计和展开。九十年代诗学命题虽纷繁复杂,但也不乏基本共识,并主要体现为对本体诗学、历史诗学、生命诗学、叙事诗学等目标的追求上。某一诗家重点阐释的诗学命题可能交叉回应着这几个诗学倾向;不同诗家对不同诗学命题的阐释,也可能交织在上述某一诗学追求中。如"九十年代诗歌"这一概念,作为一个诗学概念被提出来,在诗学上对于特定时间性的强调,不仅是为了给论述对象划定时间边界,更是希望捕捉和打捞特定时间中涌现的新美学经验,凝聚新的有效性。作为"九十年代诗歌"

---

① 王光明:《个体承担的诗歌》,《诗探索》1999年第2辑。

的重要阐释者,程光炜一再反对将此概念宽泛化从而弱化其问题意识。"九十年代诗歌"显然是程光炜显影九十年代诗学"当代性"的装置,"九十年代诗歌"在他那里既呼应着本体诗学,也与"历史诗学"相重叠,强调"叙事性"则呈现了他及物性诗学的追求。

不难发现,九十年代诗学"当代性"的展开,基本是以八十年代为反思和对话对象的。程光炜等人所强调的"叙事性"中,包含着对"表现为'无限'的诗歌实验冲动和群体文化行为"[①]的八十年代诗风的反思;而臧棣认为"在后朦胧诗的写作中,写作远远大于诗歌",[②]他试图缩小内容和思想在诗歌中的比重,彰显诗歌的语言属性。八十年代那种无限扩张的文化主体性难以为继,就转化成九十年代无限的语言主体性,历史介入被诗人转化为一场借由语言而展开的个人化的想象力展示。如此,臧棣才斩钉截铁地说:"九十年代的诗歌主题实际只有两个:历史的个人化

---

① 钱文亮:《1990年代诗歌中的叙事性问题》,《文艺争鸣》2002年第2期。
② 臧棣:《后朦胧诗:作为一种写作的诗歌》,《文艺争鸣》1996年第1期。

和语言的欢乐。"[1]九十年代,重返语言的领地几乎成为最大的诗学共识。本体诗学的倡导者强调"语言的欢乐",其对语言的强调自不待言;"生命诗学"的阐释者也强调"让我的脚趾紧紧扣住我的母语"。被视为知识分子写作的欧阳江河、王家新重视语言,被归于民间派的于坚、韩东又何尝不把语言放在第一重要的位置。事实上,强调语言的自足性,将对诗歌语言本体的专注视为最高使命的"纯诗"话语既非始于中国,更非始自九十年代,纯诗化与大众化的论辩已构成二十世纪新诗史重要的诗学线索。九十年代初,文化焦虑所产生的诗学转型,使语言成了诗学的最大公约数,母语成了诗人最基本的写作共识。八十年代中国知识界流行萨特,九十年代改宗罗兰·巴特,这在中国大陆是具有症候性的转变,从主体论到符号学的转变中,语言之于诗的作用也在某种程度上被神话化和绝对化:"许多诗人相信语言和现实是同一事体的正反面,两者是同构的。或者,语言是现实的唯一

---

[1] 臧棣:《90年代诗歌:从情感转向意识》,《郑州大学学报(哲学社会科学版)》1998年第1期。

源泉""语言是比现实更高的存在领域"。[①]世界的语言化是对九十年代文化转折所做出的诗学应对,显现于其间的自律性与先锋性重叠的甜蜜时刻不可能持续太久,"世界的语言化"就遭到了"语言的世界化"的强势挑战。九十年代末的"盘峰论战"被视为"一场迟到的诗学理念的交锋",[②]事实上所谓的"民间派"诗人何尝不是知识分子,而所谓的"知识分子派"又何尝不是在民间。所谓的"民间"和"知识分子"所转喻出的其实是对诗歌自足性的不同理解,不妨说,"纯诗化"和"大众化"之争,在九十年代的特殊文化语境中,化身为"民间写作"与"知识分子写作"的对垒。

必须指出,新概念与新话语并不必然生成诗学"当代性"。九十年代的诗学建构,常以八十年代为潜在对话对象,这意味着,它在超越八十年代诗学的同时依然深刻地被八十年代诗学所规定。九十年代诗学的

---

① 臧棣:《90年代诗歌:从情感转向意识》,《郑州大学学报(哲学社会科学版)》1998年第1期。
② 陈超:《个人化历史想象力的生成》,北京大学出版社2014年版,第21页。

迷思之一在于,将"当代性"误读为绝对的"当下性",将彼时的"当下"视为尚未充分展开的未来的代表,因而将诗学时间分解为八十年代和"后八十年代"(或者"朦胧诗"与"后朦胧诗"、"新诗潮"与"后新诗潮")。将当下绝对化,由当下的危机出发展开诗学方案固然是重要的"当代性"意识,但将当下的危机置于多深的历史坐标,却决定了"当代性"具有多大的有效性。

结语:"当代性"如何生成?

九十年代诗坛,郑敏对"新诗"的反思成为难以忽略的声音,原因在于,当大部分诗学观念以新时期以来的二十年为尺度时,郑敏的反思[①]矗立于五四以来的二十世纪历史长度之中。跳出了八十年代以来的当代诗传统,郑敏质疑"关于汉语的前途,我们也仍

---

① 郑敏的反思文章主要包括《世纪末的回顾:汉语语言的变革与中国新诗创作》(《文学评论》1993年第3期)、《中国诗歌的古典与现代》(《文学评论》1995年第6期)、《语言观念必须变革》(《文学评论》1996年第4期)。

未进行严肃的、有二十世纪水平的学术探讨",她回到五四,反思新文学运动背后那种破坏的、革命的语言方案乃"违背语言本性的错误路线",这对"新文学创作所带来的隐性的损伤,只有站在今天语言学的高度,才能完全地认清"。① 郑敏的反思迅速在学界激起层层涟漪,并成为九十年代诗学进程中的重要节点。某种意义上说,郑敏的反思不仅关涉如何评价新诗,更关涉重估五四和激进现代性问题,其背后是文化保守主义和文化激进主义在九十年代诗歌和语言领域的对垒。具体到语言和诗学上,郑敏认为古典诗和新诗存在于可沟通的语言传统中,向现代民族国家转型过程中的语言改造应"从继承母语的传统出发,而加以革新",② 而非彻底"推倒"传统。新诗领域,与郑敏商榷的最有分量的文章当数臧棣的《现代性与中国新诗的评价问题》,臧棣借用哈贝马斯的见解——"在黑格尔看来,现代性和现代文化无法也不愿从另外一个时代获取它所需要的准则。相反,它必须从其

---

① 郑敏:《世纪末的回顾:汉语语言的变革与中国新诗创作》,《文学评论》1993年第3期。
② 同上。

本身内部获得一切它所遵循的准则和基础"，[①]在他看来，新诗的评价标准同样只能从新诗史所形成的小传统中获得。

郑敏的文章深具历史视野，却欠缺了限度意识，故而其声音虽重要，却没有导向真正有效的"当代性"。所谓欠缺限度意识，是指郑敏不自觉地将古典语言传统绝对化，将其想象成一个无限的、可通约现代汉语的语言共同体，而忽略了不同的社会和语言将催生截然不同的诗意。强调现代汉语的独立性，并非拒绝在现代汉语和古典汉语之间构建共通的桥梁，而是要求意识到任一方的限度。当现代汉诗被镶嵌进古典汉诗的伟大传统中时，"传统"确立，"现代性"（或"当代性"）窒息乃是必然的结果。当社会存在被"现代性"和"当代性"经验裹挟着滚滚向前，我们如何可能在一个凝固的"传统"秩序中安居？

将无限裂变向前的"当代性"安置进一个静止凝固的"传统"，这种思维返祖发生在现代和后现代理

[①] 臧棣：《现代性与中国新诗的评价问题》，现代汉诗百年演变课题组编：《现代汉诗：反思与求索》，作家出版社1998年版，第87页。

论修养极高的郑敏先生身上,让人感慨。郑敏先生的写作深受现代主义大师里尔克的影响,她对于弗洛伊德、德里达也有着极深的研究。如果不是有意无意将古典语言传统理想化,郑敏的很多诗学观点都理性厚重且充满洞见。这反证了"现代性"自身文化困境的深重,使郑敏先生终于也企图向祖先呼救:"现在我的漫游已经走向自己的诗歌的故乡,中国古典诗,发现了汉语的魅力与古典诗词在用字、语法方面的灵活与立体性,超时空限制所形成的强烈艺术动感与生命力。"[1] 无独有偶,将古典汉语作为现代主义解毒剂的另类后现代主义者不止郑敏,叶维廉先生也可引为同调。在《中国诗学》中,叶维廉反思白话现代诗深受印欧语系影响,定词性、定物位、定方向、属于分析性的指义元素的表意方式,反而把古典汉语"原是超脱这些元素的灵活语法所提供的未经思侵、未经抽象逻辑概念化前的原真世界大大地歪曲了"。[2] 他所提倡的"中国诗学",某种意义上是基于古典汉语特

---

[1] 郑敏:《中国诗歌的古典与现代》,《文学评论》1995年第6期。
[2] 叶维廉:《中国诗学》,人民文学出版社2007年版,第6页。

质的"中国诗学"。

事实上,郑敏和臧棣所代表的立场都不能生成真正有效的诗学"当代性",前者以古典诗歌传统裁定当代诗,其传统观的偏颇自不待言;后者秉持一种"新诗就是新于诗"的不断求新立场,同样无法使诗获得有效的凝聚。思维返祖不是发明传统,思维返祖显示了与"当代性"截然不同的时间意识:如果说"当代性"思维倾向于从当下区分出一种绝对的新质的话,思维返祖则倾向于将所有时间的神经末梢都理解为接受古老逻辑支配的无差异局部,由此一切新质都将消逝。只有坚持在"现代性"内部反思"现代性",才能推进"当代性"的生成,而非将"当代性"的尺度悄然置换为"古典性"。但是,对"新"无条件的捍卫,其催生的"当下性"因复制了直线向前的时间而缺乏了与历史的对话和可交往性,因而也不是有效的"当代性"。这提示着在"当代性"生成过程中,历史意识和限度意识缺一不可。历史意识使我们意识到当下并不自足,当下内部必须设置与历史交往的通道;限度意识使我们意识到"传统"并不具有绝对通约性,"传统"被置身于限度之中新质才可能生成并被理论所捕捉。

"现代汉诗"及其"当代性"的生成提示着如下的理论进路：当代的问题化、问题的历史化和历史的诗学化。当代的问题化意味着当代问题不能仅被现象化处理，意味着提问方式从"是什么"向"为什么"转变，意味着现象背后的文化逻辑开始被审视；问题的历史化则试图在新问题和旧问题的谱系中辨认传承、转型与新变，在新与旧，传统与当代之间建立辩证尺度；但建立历史谱系还不够，文学理论的实质在于创造，所谓"历史的诗学化"意味着在历史与当下的勾连中为理论创造腾出空间。"当代的问题化，问题的历史化和历史的诗学化"的实质就是在历史和当下的现象中透析问题，在问题中发现普遍性，再据此发出创造性理论清越的声音。

由"现代汉诗"出发的研究，其主旨不仅在于对这一理论概念的辨认，也不在于对九十年代以降诗学脉络的梳理，而在于当代中国理论的生成问题。新理论每天都在催生，但大部分不过沦为思想泡沫和话语聒噪，像众声喧哗时代的五彩气泡，不待升空就已破灭；小部分成为升腾于时代低空的气球和彩带，时间一过即被拆除。突破云层,成为宇宙空间中循着特定轨迹运行的星体,应是理论的理想。每一个时代成为星体的理论,便生成了其时代当之无愧的"当代性",这种当代性,并不随生随灭,而具有不可更改的稳定性和物质性。

（本文原刊于《当代作家评论》2021年第3期）

袁先欣

个人简介

袁先欣,女,清华大学人文学院副教授,清华大学人文与社会高等研究所驻所学者,文学博士。2016-2018年在清华大学人文与社会科学高等研究所从事博士后研究。2011-2012年任美国哈佛大学东亚系访问学人,2017年夏任日本东京大学综合文化研究科外国人客座研究员。主要从事中国现当代文学、东亚现代思想文化史、马克思主义与批评理论等领域的研究。在《文学评论》《开放时代》《中国现代文学研究丛刊》《清华大学学报(哲学与社会科学版)》《Frontiers of Literary Studies in China》等刊物上发表中英文论文多篇。专著《民间再生:20世纪初年代的文化运动与民众政治》即将出版。主持教育部人文社科青年项目1项,国家社科重大课题子项目1项。获得第十一届唐弢青年文学研究奖,第十一届士恒·兴正德青年学者支持。

授奖词

袁先欣的《沈从文1930年代中后期湘西叙述中的民族与区域》对20世纪30年代中后期沈从文笔下的苗人,与湘西苗族调查、苗民革屯运动进行了历史性对读,深入解剖了作家对民族、地方、国家等问题的介入和思考,有力地呈现了沈从文的族群观念与同时代的知识生产、政治事件、民众运动之间复杂的互动关系。视野开阔,史论结合,深见功力。

■ 沈从文 1930 年代中后期湘西叙述中的民族与区域

引 言

湘西和苗人可谓沈从文身上最广为人知的文学标签,二者又常常交织在一起。不过,长期以来,受制于先入的民族认知框架,我们往往忽视了一个前提,即在沈从文写作高峰的 20 世纪 20 至 40 年代,同时作为"苗族""中华民族"等概念基础的民族范畴,其内涵和外延仍处在逐渐变化成型的过程中。[1] 这一时期,汉满蒙回藏以外的诸民族——尤其是苗族——尚在逐渐被认知,确定的民族身份乃是 20 世纪 50 年代民族识别之后才最终底定的。作为一个具有悠久历史的群体,苗族当然一直是中国重要的组成部分,

---

[1] 近年的现代文学研究对总括性的民族意涵(如"中华民族"的"民族")在 20 世纪初的变动形成及其与文学的关系较为注意,但对另一层次的民族概念("56 个民族"的"民族")的生成性和历史性的探讨则相对不足。本文主要针对的是后一层面上的"民族"问题。

但经由一套知识和范畴将其把握为一个"民族",则确乎是一个现代事件。

在沈从文研究中,对上述问题的忽视在两个方向上产生了影响。首先,沈从文笔下的族群书写和民族想象往往被放置在与某种既定民族"事实"的对应关系上来考量,从而,沈从文是否具有苗族认同,他的写作多大程度上反映出民族"真实性"(authenticity)的问题,构成了讨论核心。[1] 其次,族群和民族又经常被局限为一套单独话语体系的内部问题,民族话语在20世纪前半叶中国思想文化场域中,与其他范畴、概念(如地方、人民、国家、乡村等)之间复杂的互相渗透、转化和影响的关系未受到足够重视。正如学界已经注意到的,苗乡传奇在沈从文早年创作中占有重要地位,但伴随着他的写作走向成熟,这一要素逐

---

[1] 参见凌宇《从苗汉文化和中西文化的撞击看沈从文》,《文艺研究》1986年第2期;金介甫《凤凰之子·沈从文传》,符家钦译,光明日报出版社2004年版;周子玉《湘西世界:沈从文笔下的他者建构》,《中国现代文学研究丛刊》2017年第3期;李国太《"表述他者"还是"呈现自我"?——论沈从文的苗族书写》,《民族文学研究》2017年第4期;李永东《沈从文的小说创作与上海租界——解读〈阿丽思中国游记〉》,《中国现代文学研究丛刊》2006年第3期。

步减弱。在单一的民族和族群视野主导下,对沈从文族群书写的讨论焦点更多地集中于他早年张扬异域风情的苗乡传奇,至于他中后期的写作,则要么认为沈氏的重心从"族性"(苗族)转向了"地方"(湘西)[1],要么认为他放弃了苗汉对立的二元格局,皈依于整体性的"中华民族"[2]。

但值得追问的是,从20世纪30年代中期开始,在沈从文写作中逐渐隐而不彰的苗人元素到底意味着什么?不同于早年在想象中回望湘西的模式,沈从文成熟期最负盛名的湘西题材作品《边城》《湘行散记》《长河》和《湘西》都与他1934和1938年两次返乡之旅有密切关系,湘西地方现实困局的刺激、沈从文对重造"民族品德"的希冀等多重因素交叠于这些文本中,使之呈现出有别于早期作品的复杂面貌。一个耐人寻味的事实是,与这一时期沈从文收缩其写

---

[1] 参见金介甫《沈从文笔下的中国社会与文化》,虞建华、邵华强译,第107页、第112页、第250页,华东师范大学出版社1994年版。
[2] 参见刘洪涛《沈从文小说新论》,第93-153页,北京师范大学出版社2005年版;黄锐杰《"湘西"背后的"民族"与"国家"——由近三十年沈从文研究的流变谈起》,《当代文坛》2018年第5期。

作中的苗人因素恰成对照，苗族问题正在成为20世纪30年代中后期影响湘西的重大问题。就在沈从文首次返湘前半年，中央研究院历史语言研究所研究员凌纯声、芮逸夫受蔡元培派遣，赴湘西针对苗族展开三个月的田野调查，这不仅是中国学者首次凭借现代知识框架对苗人展开的"民族写生"，而且成为在湘西播撒"民族"观念的种子。三年后，湘西七县苗民掀起革屯运动，其中复杂的矛盾在凌、芮调查时已经呼之欲出。作为革屯运动的后果，湘西地方乃至湖南省内都发生了剧烈的权力格局变动，这也正是沈从文写作《湘西》《长河》的背景。在现实政治和知识话语的焦点都集中于"苗族"之时，曾以苗人故事蜚声文坛的沈从文却在他的湘西书写中作了相对淡化的处理，这一选择无疑是值得深思的。

作为沈从文代表作，《湘行散记》《边城》《湘西》《长河》历来是研究的重点。本文无意重复前人言说，而尝试以苗人/苗族为核心，处理这批文本与1933年芮逸夫、凌纯声湘西苗族调查以及1936—1938年湘西苗民革屯运动之间的互文关系，通过将沈从文的文学文本放置到与历史事件及同时代不同知识话语脉络的对话与互动网络之中,展开如下话题:这些作品中看似并不明显的苗人因素,勾勒出了什么样的族群面貌,它如何与知识的、政治的、历史的多重话语勾连,又在沈从文30年代中期之后对湘西地方的理解和把握方式中处于何种位置、扮演了何种角色?进而言之,它与沈从文对中华民族前途和未来的整体性设想之间是什么关系?如果说"民族"范畴的边界在三四十年代仍具有相当弹性,那么沈从文的写作实际上也深刻参与了对这一范畴的定义和形塑过程,对沈从文20世纪30年代中后期文本的再考察,不仅有助于进一步厘清他的民族理解和认知,而且提供了一个窗口,使得我们可以窥见今天习见的民族观念在定型前对不同问题脉络的介入和回应,从而更具体地把握其历史条件和前提。

一 水与山:想象苗族的空间方式

1934年1月,收到母亲病危消息的沈从文放下正在写作的《边城》,赶回十一年来不曾归省的湘西老家。自北京到湖南后，以常德这个湘西的咽喉为起点，沈从文沿沅水一路向上，过桃源、辰州（今沅陵）、泸溪、浦市，再由浦市陆行至凤凰，水行占去湘行路途大半。在后来由他与张兆和的通信整理而成的散文集《湘行散记》中，沈从文也基本按照这一行程顺序来排布章节，水路成为《湘行散记》中湘西赖以展开的空间构造。将湘西描绘为水流贯穿的地理空间，乃是沈从文湘西书写模式臻于圆熟后惯用的一种手法。沅水、辰河等大小河流以及河上的码头，构成了沈从文反复书写的对象，《边城》中的茶峒，也是发源自四川边境的酉水在湖南境界的"最后一个水码头"[①]。

正如诸多研究者已经注意到的，"水"对沈从文而言并不限于提供空间构造框架，此次回乡途中，通过赋予作为"水的世界"的湘西某种有别于目的论的历史观和时间观，沈从文也建构起自己的创作美学和写作自信。但值得指出的是，沈从文以水道来象征其笔下的湘西世界，这显然与湘西真实的地理空间格局

---

① 沈从文：《边城》，《沈从文全集》第8卷，北岳文艺出版社2002年版，第66-68页。

有距离。李震一在《湖南的西北角》中指出湘西乃由雪峰山脉与武陵山脉夹峙而成，沅水固然是流经其间的大动脉，但湘西作为一个"交通阻滞，山多田少"的"闭塞的山国"，是当时一般人的认知。[1] 相较于"水"，"山"的因素更多地形塑了人们对湘西的理解和观感，湘西饱受诟病的盗匪、排外等问题，也与多山的地理格局有着或隐或显的关系。实际上，沈从文早前所热衷写作的苗乡传奇，还多将故事设置在崇山峻岭间的苗寨、山洞、森林中；他1933至1934年间在湘西书写上逐渐臻于圆熟，有意识地用水道来作为再现湘西的主要空间，并在此基础上形成某种写作自觉，正与他逐步放弃对"苗公苗婆恋爱、流泪、唱歌、杀人的故事"的偏好[2]、将苗乡因素不露痕迹地纳入某种整体性的湘西乡土叙述相伴随。

在这个意义上，我们应当如何理解沈从文20世纪30年代中期在表述湘西空间构造时的选择？一个可能与沈从文此时湘西叙事形成对照的文本，是凌纯

---

[1] 参见李震一《湖南的西北角》，宇宙书局1947年版，第8页、第49-51页。
[2] 沈从文1931年11月13日致徐志摩信，《沈从文全集》第18卷，北岳文艺出版社2002年版，第150页。

声、芮逸夫的《湘西苗族调查报告》。长期以来,在沈从文研究中,《湘西苗族调查报告》是作为某种关于苗族的"事实性"记录,用以印证沈从文写作中有关苗人的细节内容的。[1] 近年来的研究则指出,凌、芮的调查本身也是运用一套全新的认识论体系(民族学的、人类学的),来生产"民族"知识的事件。[2] 在这个意义上,凌、芮的调查报告也应视为一种关于湘西的叙述。

事实上,沈从文1933年之后的湘西文本和凌、芮的调查之间也的确存在微妙的互文关系。1933年5月1日,凌纯声、芮逸夫赴湘西"凤凰、乾城、永绥三县边境,实地调查及访问关于苗人的一切"[3],历时三个月整,时间恰在沈从文返湘半年前。凌、芮自南京出发,"溯江西上,经由武汉、长沙,转至常德、桃源,再溯沅江西进,至泸溪县属的浦市,舍舟

---

[1] 参见金介甫《沈从文笔下的中国社会与文化》,华东师范大学出版社1994年版,第156页。
[2] 王明珂:《建"民族"易,造"国民"难——如何观看与了解边疆》,《文化纵横》2016年第3期。
[3] 芮逸夫、凌纯声:《湘西苗族调查报告》,民族出版社2003年版,第1页。

登陆，直至凤凰"[1]，常德以上的路线与沈从文完全一致。不过，《湘西苗族调查报告》的重点显然不是沅江水道上如诗如画的风景人事，而是位于武陵山脉中、以腊耳山台地为核心的"苗疆"[2]。报告序言中，凌、芮感谢了许多提供协助的湘西当地人士，其中首先感谢"予以种种便利，并且优予招待"的陈渠珍，又感谢旅长戴季韬、联立师范学校校长石宏规等人亲自陪同"赴凤、乾、绥三县境内许多苗寨实地调查"[3]，这些人也与沈从文有千丝万缕的关联。"湘西王"陈渠珍正是沈从文赴京前的老上司，沈从文三弟沈岳荃此时的上司，1934年1月22日沈从文抵达凤凰后，曾专门拜访陈渠珍。陪同调查的戴季韬，既为沈岳荃同僚，也是沈从文表兄，沈从文返乡旅经辰州时与他有会面。[4] 石宏规则在《湘西》中被沈从文誉为"苗

---

[1] 芮逸夫、凌纯声：《湘西苗族调查报告》，民族出版社2003年版，第1页。
[2] 同上，第29页。
[3] 同上，第1-3页。
[4] 参见《湘行书简》，《沈从文全集》第11卷，北岳文艺出版社2002年版，第210页。

民中优秀分子之一"。①

由于《湘西苗族调查报告》正式出版要到1947年，沈从文1934年返湘时，应该就是从这些姻亲故旧那里得知凌、芮的调查的。但在《湘行散记》中，沈从文仅仅在谈及桃源的小划子时如此提到：

> 一个外省旅行者，若想到湘西的永绥，乾城，凤凰，研究湘边苗族的分布状况，或想从湘西往四川的酉阳，秀山，调查桐油的生产，往贵州的铜仁，调查朱砂水银的生产，往玉屏调查竹科种类，注意造篾制纸的工业，皆可在桃源县魁星阁下边，雇妥那么一只小船，沿沅河溯流而上，直达目的地……②

这段描写中，沈从文以看似不经意的口吻，将凌、芮二人的民族调查与对川黔手工业和物产的调查并置

---

① 沈从文：《湘西》，《沈从文全集》第11卷，北岳文艺出版社2002年版，第364页。
② 参见沈从文《湘行散记》，《沈从文全集》第11卷，北岳文艺出版社2002年版，第236页。

于一处,民族调查的特殊性因而消弭于西南地区的风物陈列之中。与此同时,通过桃源的小划子,沈从文再次将注意力从调查的诸目的地(不论是湘边的永绥、乾城、凤凰,还是川黔的酉阳、秀山、铜仁、玉屏)转回沅水水道之上。但值得注意的是,在此,水流的世界在沈从文所试图构造的抽象、静止的历史构图之外,不期然地呈现出了某种物质性。沅水不是某个封闭、恒久不变的世界的象征,而恰恰是现代公路和铁路深入西南之前,将长江中下游与西南山区川黔滇诸省联结在一起的交通大动脉。现有研究表明,至少到元代,岳州(今湖南岳阳)至贵州镇远的沅江水道已设立24处水站,"此道遂成为云南、湖广地区联系内地最重要的交通线"[①]。明初,贵州宣慰使水西土司设龙场九驿,"东接镇远,沿潕水河道可通沅江,西连毕节,经乌蒙、乌撒可以沟通云南",从此,云南所产之铜锡可经上述驿道运往京师。[②] 清代形成

[①] 方铁:《蒙元经营西南边疆的统治思想及治策》,《方铁学术文选》,云南大学出版社2014年版,第136页。
[②] 侯绍庄:《沅江通航考》,《侯绍庄学术论文选》,贵州人民出版社2017年版,第165–166页。

的覆盖十八行省的"三纵两横"交通线路中,通南北的居中纵线在郑州分为两条,其中之一伸入西南,由常德"溯沅江而西,过辰州、沅州,走黔北镇远、贵阳到云南府"[1]。常在沈从文小说中出现的异省商人、船舶贩来的各色南北货物也说明,被沅水贯穿的湘西并非与世隔绝的桃花源,恰恰相反,它是联结中原与王朝边疆的孔道。

水道交通既意味着王朝统治的延伸,也意味着商贸、移民,西南边疆与王朝治下其他地区的交流互动。长期的相互交往也重塑了这一地区的族群面貌。费孝通就指出武陵山区实际上是"多民族接触交流的走廊","由于人口流动和融合,成了不同时期入山定居移民的一个民族熔炉"。[2]在《湘西苗族调查报告》中,凌纯声、芮逸夫则将苗疆按地形分为两个自然区,"西北部可称之为腊耳台地区;东南部为溪河下游区",后者因山势较平坦,"溪河可行小船,交通较为便利",已为苗汉混杂的"汉人移殖之区",凌、芮在

---

[1] 参见何一民《清代城市空间分布研究》,巴蜀书社2018年版,第188页。
[2] 费孝通:《武陵行》,《费孝通全集》第13卷,内蒙古人民出版社2009年版,第554页。

进一步的辨析中就将其排除,认为只有苗人集聚的腊耳山台地才算"真正的苗疆的区域"[1]。但对沈从文而言,不同族群"彼此同锡与铅样,融合成一锅"[2],才是更自然的事实。《边城》《长河》的叙述中处处流露出苗人痕迹,又无一个人物能清楚地被指为不是汉人。[3]《湘行散记》中,1934年1月18日,沈从文面对河流产生了关于历史的"彻悟"后,随即在税关处遇到一个头盘"一饼的青布包头"、"宽脸大身材的苗人"前来验关。二人以"同年"相称,"乡音"相招,苗人即放他通行。下一个验关的"青布包头"苗人,虽然沈从文有意想激怒他去见局长,苗人同样不在意地放其通行。[4] 这里的苗人,既不同于沈从文早期小说中作为都市中虚伪疲乏的汉人的对立面所描

---

[1] 芮逸夫、凌纯声:《湘西苗族调查报告》,民族出版社2003年版,第31—32页。
[2] 沈从文:《我的小学教育》,《沈从文全集》第1卷,北岳文艺出版社2002年版,第263页。
[3] 参见刘洪涛《沈从文小说新论》,北京师范大学出版社2005年版,第109—111页。
[4] 参见沈从文《湘行散记》,《沈从文全集》第11卷,北岳文艺出版社2002年版,第253—254页。

绘的勇猛、多情、重诺、重义的苗人形象,也不同于凌纯声、芮逸夫以干燥的分类和细节堆砌出的截然有别于汉族的"苗族",而是自然无痕迹地生活于多族群混居环境中的苗人。

如果说,这个族群间边界模糊流动的湘西世界,正有赖于水流的联结和贯通,那么在凌、芮那里,要将苗人识别为具有本质特征的"苗族",一个未曾言明的前提,正是要将历史性的交往和融合所创造出的这个"中间地带"排除在外。凌、芮调查中曾有一件颇具争议的事,他们对椎牛、鼓藏等当时在湘西已不多见的苗人习俗进行详备记录并拍照摄影,引发当地人不满,调查结束后,即有人向蒙藏委员会致函,称凌等"以苗俗古陋,多方采集,制成影片,以为谈笑之资,娱乐之具,谋利之用"[1]。凌、芮在报告中也提及,"苗中稍受教育所谓有识之士,谈及他们的鼓舞,常引为奇耻大辱,以为是暴露他们野蛮的特征",但这恰对凌、芮二人"有保存的价

---

[1] 石青阳:《致蔡元培函》,转引自王建民、麻三山《导读》,凌纯声、芮逸夫:《湘西苗族调查报告》,民族出版社2003年版,第12页。

值"①。此事反映出的凌、芮"局外人"式的猎奇眼光,已由当代诸多研究指出;但如何理解当地苗人精英的态度,也是一个颇耐咀嚼的问题。在凌、芮看来,苗人精英以"野蛮"的名义拒绝了本民族的真正传统,但凌、芮对真正属于"苗族"的文化习俗的认定,首先就是以否定长期共同生活交往所形成的复杂联系为预设的,正是在这个意义上,以"山"为特征的封闭空间成为划定纯粹"苗族"的保留地,而苗人精英们的自我辩护,只不过是他们"汉化"或"西化"的证明。

从这样的背景来看,沈从文20世纪30年代中期开始形成的新湘西叙述模式不再刻意突出苗人独特性,不仅出于此时对整体性中华民族概念的皈依,其中还交错着更为复杂的因素。正如许多学者已经指出的,沈从文早期对苗人的浪漫化再现深受1920年代民俗学和民间文学运动影响,对中国南方非汉民族的关注和研究实际也与这一运动有着深刻关联。但是,

---

① 芮逸夫、凌纯声:《湘西苗族调查报告》,民族出版社2003年版,第150页。

尽管沈从文显露出了对民俗学、人类学的兴趣，他早期的苗人主题创作也的确与凌、芮的民族调查分享了许多共同前提，但沈从文似乎并未真心诚意地接受民族学对湘西不同族群的分类方式。他早期小说中出现的"苗族"有别于今天通用的概括性族称，而往往用来指他想象中的苗人的不同部落，如《龙朱》中罗列的白耳、乌婆、倮倮、花帕、长脚各族，以及《媚金·豹子·与那羊》中的白脸族。1933年前后沈从文的湘西写作模式转变后，他绝大多数时候用的是"苗人"而非"苗族"这一称呼，一直到1939年的《湘西》，仍然使用"苗民问题"而非"苗族问题"。这些差异恰恰说明，民族学划分西南不同人群的方式，对当时的沈从文而言，是高度非自然的。

从"苗人""苗民"到"苗族"的称谓转换，背后是一整套认识机制的转变，它意味着从前从属于儒家文野、夷夏秩序的不同群体，现在已不可能凭借对一套文明的体认和伦理实践，来跨越生/熟障碍，只能被永恒地限制在不同种族僵硬的框架之中。尽管没有证据表明沈从文在有意识地对抗20世纪30年代兴起的此种"民族"话语，但对家族中有着苗人血统的沈从文而言，拒绝这样一种"民族"方案对文野方案的取代，似乎是非常自然的。事实上，1933年前后沈从文湘西书写模式的调整还包含着这样一个内容，即将从前作为一种民族特质被寄托于苗人身上的健康、诚实、勇敢、热情、高贵等道德品质，处理为一种正在失落的普遍精神财富，进而转移到所有湘西人乃至整个中华民族之上。[1]某种程度上，这正是古老的文野之辨在20世纪前半期的变形，苗人的精神品质也有可能成为中华民族整体前途命运的希望所在。

然而，沈从文新的湘西写作模式一方面展现了某种有别于"民族"范畴的、对于不同族群的弹性和包容性，另一方面仍然内含相当之局限。在20世纪30年代湘西现实困局震荡下，这将深深影响沈从文对湘西现实的判断及其文学选择，其中苗民／苗族的问题构成了一个隐秘却关键的要素。

---

[1] 参见沈从文《边城·题记》，《沈从文全集》第8卷，北岳文艺出版社2002年版，第59页。

二 革屯运动:"苗民问题"的内在结构

如果说,沈从文笔下那个可能让不同族群融洽、和谐地共同生活和交往的湘西是以水道为承载的,那么在1934年1月的返乡之旅中,随着沈从文深入湘西腹地,越来越频繁地与故友亲朋们接触,他心中那个优美淳厚的湘西世界也不可避免地走向崩解。[1] 值得指出的是,此前沈从文笔下充满牧歌情调的湘西世界虽有梦幻色彩,却也并非毫无根基的空中楼阁,如《边城》中所言,茶峒地方的安宁祥和得益于"十余年来主持地方军事的,注重在安辑保守,处置极其得法,并无变故发生"[2],在沈从文意中,"湘西王"陈渠珍20世纪20年代在湘西"保境息民"、试行湘西自治的统治方式,正为他笔下的水手、妓女、苗人们提供了一个不受时间影响的空间,《边城》

---

[1] 参见沈从文《长河·题记》,《沈从文全集》第10卷,北岳文艺出版社2002年版,第3页。
[2] 沈从文:《边城》,《沈从文全集》第8卷,北岳文艺出版社2002年版,第73页。

和《湘行散记》中那个作为静止、抽象的历史构图象征的水的世界，与陈渠珍治下湘西的割据性是同构的。在这个意义上，1934年回到湘西的沈从文所目睹的，不仅是纤夫水手们的"琐细平凡人事得失哀乐"难以为继，而且也是陈渠珍对湘西统治的濒临崩溃。①

沈从文的确预见到了陈渠珍湘西统治的终结。1935年，湖南省主席何键以陈"剿共"不力为名，改编陈渠珍部队，陈出任湘西屯务处处长。不久，革屯运动爆发，陈渠珍避走长沙。1938至1939年间在张治中支持下，陈渠珍曾短暂地出来主持湘西局面，1939年再次下野。沈从文1938年第二次返回湘西时，湘西就处在这一变局中，他为此写作《湘西》和《长河》，其中流露的对湘西现状和政局的关切，大有别于早前的牧歌情调。关于湘西20世纪30年代中后期的变乱，沈从文在《长河》等作品中将原因解释为外来力量进入湘西，压抑排斥本土势力，苛索

---

① 沈从文：《〈湘西散记〉序》，《沈从文全集》第16卷，北岳文艺出版社2002年版，第390页。

无度,祸乱地方。现有的沈从文研究多采信这一说法,或称外来的"现代"生活方式摧毁了湘西传统的宁静美好[1],或认为膨胀的国家权力吞噬了湘西地方自我治理的空间[2]。这些说法言中了问题的一面,但对造成1930年代中后期湘西局势的问题之复杂性把握不足。沈从文在1938年写作的《湘西》中提到:"湘主席何键的去职,荣升内政部长,就是苗民'反何'作成"[3],事实上,陈渠珍1936年避走长沙、1938年回湘西收拾局面的背景,都是湘西苗民的抗屯革屯运动;这一事件看起来既是古老"苗乱"的再度爆发,又纠缠着民国以来"五族共和""民族平等"原则下如何处理少数民族的困难与争议,对沈从文而言,1936—1938年的湘西苗民革屯运动还有一个隐秘的痛点,即苗民要求废除的屯田制度,正是沈从文引以

---

[1] 参见张新颖《沈从文的前半生:1902-1948》,上海三联书店2018年版,第223-225页。
[2] 参见金介甫《凤凰之子·沈从文传》,光明日报出版社2004年版,第364-374页。
[3] 沈从文:《湘西》,《沈从文全集》第11卷,北岳文艺出版社2002年版,第334页。

为傲的篁军数百年来的根基。此外,湘西内部、湖南省乃至全国政治和军事力量的角力,也都戏剧性地卷入其中,使这一事件呈现出高度复杂的面貌。从这个角度看,沈从文在《湘西》结尾意味深长地提出的那个"苗民问题",实际上纠缠着形塑湘西地方格局的各种因素和矛盾,革屯运动成为其爆发的总出口。这些因素不仅必然要成为沈从文新历史条件下湘西叙述的对话对象和前提,而且将重塑他表述苗民的方式。

为方便后续论述展开,在此先对1936至1938年间湘西苗民革屯运动的背景和经过稍做补充。"屯田养勇,设卡防苗"乃是清代乾嘉苗民大起义后凤凰县同知傅鼐设计实施的一套寓兵于农、控制苗民的制度,傅鼐将苗民聚居地区的大部分可耕土地收归为屯田,招佃收租,供养屯军。[1]这一制度使得苗区大多数苗民成为屯田佃农,同时屯租作为一种地方收入,在中央控制的绿营之外,供养了数量庞大的地方屯务

---

[1] 参见文良《清嘉庆年间湖南苗疆的"均田屯勇"》,《"中央研究院"近代史研究所集刊》第102期,2018年12月;刘善述《湘西苗民革屯史录》,中共湘西自治州委党史办公室1986年版,第1—24页。

军，营屯子弟也成为清代以迄民国沈从文所谓凤凰军校阶层的一大来源。进入民国，屯务相关制度设施废弛，但屯下佃户仍照旧纳租，屯政控制权和屯租收入成为湘西大小军阀争夺的重要利源。另一方面，屯田田土经百余年流转，图籍漶漫、管理混乱，基层和屯务官员借机渔利，积弊丛生。[①]陈渠珍掌管湘西后，对作为其兵源、粮源和收入来源的有屯七县和屯务的控制一直颇为上心。1935年，陈渠珍部队被何键改编，失去其他资源的陈渠珍意欲以屯务为政治资本东山再起，加强了对屯政的控制和屯租的收取力度，从而引爆矛盾，陈氏引咎下台。

现有研究一般认为革屯运动包含了三个阶段，每个阶段对应不同的主导群体及诉求。首先是永绥苗民上层吴恒元、隆子雍等人以承担屯租的苗民大户和地方精英身份，陈情请愿解除屯租。请愿不成，遂有下层苗民佃农石维桢、梁明元等领导武装起义革屯。其

[①] Edward A. McCord, "Ethnic Revolt, State-Building and Patriotism in Republican China: The 1937 West Hunan Miao Abolish-Military-Land Resist-Japan Uprising", *Modern Asian Studies*, Vol. 45, No. 6 (November 2011), p.1502-1509.

后，避居长沙的陈渠珍利用起事之机，动员老部下龙云飞加入，同时联络与何键有嫌隙的CC系，迫何键下台，张治中掌湘。1938年2月，湖南省府决定废除屯租。张治中委任陈渠珍为沅陵行署主任，点编苗民"革屯"军，参加抗日。革屯运动至此落幕。[①]

纵观革屯运动的经纬，尽管从爆发到解决始终掺杂着不同派系乃至私人间的争斗，但运动发生的基础是湘西民众的普遍贫困和沉重负担，又尤为集中在经济和生活条件都居劣势的苗民之上，这一事实是清楚的。McCord就指出，1936—1938年间的苗民革屯运动虽然带有鲜明的族群色彩，但并没有演变为一个族群针对另一个族群的冲突[②]，其目的和诉求很大程

[①] 参见伍新福《论评与考辩——史学研究论文集》，第511-529页，岳麓书社2013年版；田怡《民国时期近代国家转型中湘西民族区域政治之变动：20世纪30年代湘西革屯运动析论》，彭武麟等著：《中国近代国家转型与民族关系之建构——民国民族关系史专题研究》，中央民族大学出版社2017年版，第177-206页。

[②] Edward A. McCord, "Ethnic Revolt, State-Building and Patriotism in Republican China: The 1937 West Hunan Miao Abolish-Military-Land Resist-Japan Uprising", *Modern Asian Studies*, Vol. 45, No. 6 (November 2011), p.1520.

度上仍是经济性的。在此意义上，苗民对屯田制度的愤怒，其实是湘西民众不满经济重压的集中表达。实际上，1934年归乡的沈从文对湘西民众生活的困窘已有所注意，他在《湘行散记》中追问："浦市地方屠户也那么瘦了，是谁的责任？"[1]但苗民和屯田制度作为矛盾的爆发点，将湘西推入"变"的历史的快速轨道，应并不在沈从文意中。另一方面，1933年陪同凌纯声、芮逸夫考察苗疆的石宏规则明确表示"此次考察所到之地，村寨凋敝，不堪入目，苗民穷蹙，无力自救，长此不图，即良懦者日削月剥，势必辗转沟壑，成为饿殍，狡黠者呼群引类，难免铤而走险"[2]，已经预感到了风波将来。

从陈渠珍的角度看，他清楚认识到自己的湘西军事力量通过屯田制度与地方紧密联系在一起[3]，但为了维持庞大的军队给养，陈渠珍又不得不增发大

---

[1] 参见沈从文《湘行散记》，《沈从文全集》第11卷，北岳文艺出版社2002年版，第276页。
[2] 石宏规：《湘西苗族考察纪要》，飞熊印务公司1936年版，第40页。
[3] 陈渠珍：《精神讲话》，《陈渠珍遗著》，湖南人民出版社2008年版，第296页。

量苛捐杂税，甚至于征烟苗税和烟土特税，造成民生凋敝、地方糜烂[①]。1933—1934年间，陈渠珍曾设想过一个湘西农村建设计划，实际是想将救济农村经济与"剿匪"一揽子解决，此时他也承认农民丧失土地、降为佃农或流民的情况极为严重，如不能解决"凶年水旱，月捐苛征，富者的重利盘剥，豪强的百端鱼肉"，最终只能是"军队打匪，人民反帮助匪……因之共匪越打越多，竟至无从打起"[②]。但陈渠珍设想的建设方案仍以修筑寨堡、编练民团为优先，之后再谋公益事业，对乡村"民力财力"有相当要求[③]，势必加重基层负担，无法摆脱"越剿越多"的逻辑。

二十世纪二三十年代兴起的民族话语，则使得与此相关的一系列问题可能在"民族"框架下展开。共

[①] 参见孙锡华《我所知道的陈渠珍》，《湘西文史资料》第二辑，湘西自治州政协文史资料发行组编，1984年版，第77页。
[②] 《湘西凤麻等十三县农村建设委员会宣言》，《湘西农村建设月刊》第一卷第一期，1934年。
[③] 参见《湘西凤麻等十三县农村建设方案》及《农村建设委员会成立之经过》，《湘西农村建设月刊》第一卷第一期，1934年。

产党人和左翼的思路是将民族问题寓于土地问题之中，如国民革命时期的《解放苗瑶决议案》就将苗瑶定义为"爱和平的农民"，以农民运动表达和涵盖"民族"的诉求。① 北伐前后湘西的农民协会就吸收大量苗民，屯田制度也成为运动攻击的对象。② 国共分裂后，共产党人更激进地提出将"苗族解放与土地革命联络起来"，要求平分包括屯田在内的所有地主豪绅和国家的土地。③ 在国民政府一方，承认国内各民族一律平等本是三民主义的规定内容，20世纪30年代逐步成长的民族学学术对西南地区的考察，也使得之前未被纳入"五族共和"框架的西南少数族群可以用"民族"眼光审视自身，革屯运动前后，湘西的苗人精英群体以及革屯运动领袖们就多援用这一话语来为

---

① 《湖南省第一次农民代表大会解放苗瑶决议案》，《民族问题文献汇编》，中共中央统战部编，中共中央党校出版社1991年版，第52页。
② 参见《苗族通史》第三册，吴荣臻主编，民族出版社2007年版，第226-229页。
③ 参见《黔东特区第一次工农兵代表会议决议案（摘录）》及《中国工农红军政治部关于苗瑶民族中工作原则的指示》，《民族问题文献汇编》，中共中央统战部编，中共中央党校出版社1991年版，第243-246页。

自己的诉求背书。[①]这里一个值得注意的例子,是前文已提及的石宏规。1934年,石宏规将自己陪同凌纯声、芮逸夫调查所得写成《湘西苗族考察纪要》,这本小册子在学术上成就不高,但它提供了一个范例,即运用民族解放的原则,将提高苗人地位的诉求纳入正在进行的政治议程。但民族话语在1937年之后也遭遇了新的困境。随着日本侵略的加剧,中华民族的存亡逐渐成为最大的危机,族群话语可能导致的分离倾向开始受到关注。抗战全面爆发后,就有评论者指出革屯主要牵涉的是政治和社会问题,而非民族问题。[②]革屯武装1937年后将"抗日"与"革屯"并置为自己的核心主张而不再突出"苗民"[③],也显示出此时中华民族的整体危机与单一族群诉求之间特殊的张力关系。

[①] 参见《永绥县解除屯租诉愿团快邮代电》,转引自《湘西苗族革屯史录》,刘善述编撰,《民族研究参考资料》第二十六集,贵州省民族研究所编印,1985年7月,第95页。

[②] 张潜华:《抗战时期的苗夷问题(续)》,《大公报》(重庆)1938年12月21日第4版。

[③] 参见《革屯大事记》,《湘西文史资料》第八辑,湘西自治州政协文史资料发行组编,1987年。

三 "民族"如何化为"地方"？

自20世纪30年代中期开始，陈渠珍下野，1936年革屯问题发生，1937年全面抗战爆发，一系列的事件无疑给了沈从文极大刺激。现有研究多注意到沈从文这一时期在日益迫近的民族整体危机之下，对新文学如何可能有助于"民族自存努力"的思考，但苗民革屯运动和湘西的政局变动实际构成了这一进程的另一个侧面，沈从文不得不在一个新的框架下重新放置苗民与湘西、湘西与中国、苗民与中华民族等一系列关系——对这些问题的回应也包含在《湘西》和《长河》中。

1938年1月，因抗战爆发，从北京向昆明转移的沈从文再次回到湘西，在大哥沈岳霖的沅陵住所小住近四个月。此时革屯运动渐近尾声，随着何键去湘、陈渠珍任沅陵行署主任，沈从文熟悉的秩序似乎又回到了湘西，全面抗战的爆发同时赋予了湘西不同往日的全国性战略位置。沈从文也显露出对地方事务的高度热心，除邀请陈渠珍、龙云飞等"同乡文武大佬"至家中恳谈外[①]，他抵达昆明后写作的《湘西》也饱含着介入实践的热情。

对沈从文而言，苗民革屯运动无疑是《湘西》无法回避的话题。但沈从文在此的叙述策略，毋宁说是迂回的而非直面的。在《湘西》中，沈从文再度采用了"使人事凸浮于西南特有明朗天时地理背景中"的手法[②]，湘西独特的"人事"与承载他们的地理空间被细密地编织在了一起。有别于《湘行散记》中的沅江水道，1935年通车的湘黔公路成为了沈从文叙述湘西的新的空间架构，这也意味着抗战背景下湘西与整个中国更紧密地联为一体。在全面抗战前提下，描画出湘西某种独特的"人"的品性（沈从文谓之湘西"民族性的特殊"），以期解决地方问题，有助全国抗战，尤其成为沈从文意欲通过《湘西》达成的目标。他将对湘西"人事上的好处和坏处"的叙述集中

[①] 沈从文：《〈湘西散记〉序》，《沈从文全集》第16卷，北岳文艺出版社2002年版，第392页。
[②] 沈从文：《一首诗的讨论》，《沈从文全集》第17卷，北岳文艺出版社2002年版，第462页。

于"沅陵"与"凤凰"两节[1],并将这种品性归结为某种宗教情绪与生活的杂糅,这既体现在古艳动人的传说、神话、习俗中,也体现在别具特色的人物类型之上。

值得注意的是,尽管在《湘西》中,沈从文似乎有意延续《湘行散记》里对苗人进行日常化处理、弱化族群边界的模式,如第一节《常德的船》就说苗人水手"一切和别的水上人都差不多",只因"住在山中",更加"老实、忠厚、纯朴、戆直"[2];但另一方面,我们不难从沈从文所谓的湘西人宗教气质中发现鲜明的苗人痕迹。按照金介甫的看法,放蛊、酬神、落洞等习俗都与苗人的泛灵世界观密不可分[3],沈从文前此一年为早年之作《凤子》续完的末篇《神之再现》,更清晰地将苗乡特质叙述为某种宗教性和神性。在这

---

[1] 沈从文:《〈湘行散记〉序》,《沈从文全集》第16卷,北岳文艺出版社2002年版,第393页。
[2] 沈从文:《湘西》,《沈从文全集》第11卷,北岳文艺出版社2002年版,第343页。
[3] 金介甫:《沈从文笔下的中国社会与文化》,华东师范大学出版社1994年版,第173-186页。

个意义上,《湘西》延续了对湘西人宗教气质的赞颂,但将包裹这一特质的范畴从族群性的(苗人)转换为地方性的(湘西)。这一处理一方面使得湘西成为可以包容不同群体、容许族群间转换的开放空间,另一方面,由于沈从文将目光聚焦于抽象的精神气质,内在于这一空间的许多结构性矛盾也被有意无意地忽视了。一个颇具症候性的例子正是沈从文在《湘西》中对凤凰的书写。沈从文将湘西人宗教气质的来源追溯到自己的故乡凤凰,在《湘西·凤凰》开头,他再次引用了《凤子》对于镇筸(凤凰)的描述,将凤凰作为镇压苗民的屯防制度军事中心的历史推到了台前。正如沈从文自己在《湘西·题记》中所言,"民国以来,苗民常有问题,问题便与屯田制度的变革有关,与练勇事似二而一"[1],然而,尽管他明确认识到此前的苗民起义正源自对屯田的不满,但《凤凰》中对这一历史的回顾,与其说是要暴露湘西自清末至民国统治方式的一贯内部矛盾,不如说凤凰"深入苗地"

---

[1] 沈从文:《湘西》,《沈从文全集》第11卷,北岳文艺出版社2002年版,第328页。

的地理位置反而提供了将苗人的宗教情绪与整个湘西融为一体的可能:

> 苗子放蛊的传说,由这个地方出发。辰州符的实验者,以这个地方为集中地。三楚子弟的游侠气概,这个地方因屯丁子弟兵制度,所以保留得特别多。在宗教仪式上,这个地方有很多特别处,宗教情绪(好鬼信巫的情绪),因社会环境特殊,热烈专诚到不可想象。湘西之所以成为问题,这个地方人应当负较多责任。湘西的将来,不拘好或坏,这个地方人的关系都特别大。湘西的神秘,只有这一个区域不易了解,值得了解。[1]

如果说在沈从文的笔下,凤凰呈现为一个可能使"宗教情绪"弥散至不同群体的场域,那么从革屯运动的角度来看,凤凰也恰恰最为尖锐地将屯田制度关涉的两面——苗民以及凤凰军校阶级——汇集到一

---

[1] 沈从文:《湘西》,《沈从文全集》第11卷,北岳文艺出版社2002年版,第393—394页。

起。耐人寻味的是，沈从文恰恰在《湘西》的叙述中将二者分开，分别放入了《凤凰》和《苗民问题》两节。在《凤凰》中，沈从文将当地男子富于"宗教性与戏剧性"的"游侠者精神"，视作"浪漫情绪与宗教情绪两者混而为一"的结果[①]，并将龙云飞、陈渠珍、顾家齐、戴季韬等湘西军人胪列为凤凰传奇游侠人物田三怒的当代传人。这无疑有为陈渠珍重回湘西主持大局造势之意，但同时值得注意的是沈从文此时对军人群体的心态变化。沈从文对军人怀有的"不可言说的温爱"向来为人熟知[②]，不过，1934年回到湘西的经历曾经深深冲击过他对军人的景仰，如《湘行散记》所记，从凤凰长桥上充斥的烟馆、本地军队护送贵州来的"黑货"、"溃烂这乡村居民灵魂"的跛脚什长等细节中[③]，沈从文已觉察到了湘西的危机与

---

① 沈从文：《湘西》，《沈从文全集》第11卷，北岳文艺出版社2002年版，第402页。

② 参见沈从文《边城·题记》，《沈从文全集》第8卷，北岳文艺出版社2002年版，第57页。

③ 参见沈从文《湘行散记》，《沈从文全集》第11卷，北岳文艺出版社2002年版，第281-283页、第323-324页。

陈渠珍军队统治方式之间的关联。王晓明也注意到沈从文1935年开始的一批小说如《顾问官》《张大相》《小砦》等，对湘西军人流露出有别于前的"明显的轻蔑和厌恶"[1]。从这些线索来看，1930年代中期的沈从文似乎尝试通过对军人群体的批判，展开对湘西现实危机的追索和把握，但在1937年全面抗战爆发的背景下，这一思路发生了调转。沈从文在《湘西》中将军人群体塑造为湘西精神气质的承载者，畅想"迷信却被历史很巧妙的糅合在军人武德里"，"增加了军人的勇敢性与团结性"[2]，并期待他们提振地方、守土卫国，这样的设想固然包含了湘西如何应对抗战爆发后的中华民族整体危机的考虑，但将军人群体单纯描绘为某种精神气质的代表，无疑也将他们所内在于的具体社会历史和物质关系抽象化，从而，军校阶级与作为湘西各种社会矛盾总爆发的革屯运动之

---

[1] 王晓明：《"乡下人"的文体与"土绅士"的思想——论沈从文的小说文体》，《沈从文研究资料》上册，刘洪涛、杨瑞仁编，天津人民出版社2006年版，第599页。

[2] 沈从文：《湘西》，《沈从文全集》第11卷，北岳文艺出版社2002年版，第394、407页。

间的复杂关联，也在这一叙述当中消失了。

在这个基础上，我们不难预见沈从文对苗民革屯运动的基本态度。在《湘西·题记》中谈及屯田与苗民问题时，沈从文有过一个论断："屯田练勇为清代两百年来治苗方策，且是产业共有共享一种雏形试验……"[1]对比当时舆论对屯田不合理性的普遍批评，沈从文对这一制度可谓投射了颇不寻常的同情和肯认。这或许与他营屯子弟的出身有关；另一方面，将军人褒扬为湘西游侠精神的背负者、守土卫国的勇士，也难免导致他在屯田问题上的态度暧昧。如前所述，沈从文在《湘西》中将针对军人和苗民的叙述作了分开处理，相较写作《凤凰》篇时的饱含深情，《苗民问题》篇的语调则显得较为抽离。尽管沈从文承认：

> 对于苗民问题的研讨，应当作一度历史的追溯。它的沿革，变化，与屯田问题如何不可分，过去国家对于它的政策的得失，民国以来它随内

---

[1] 沈从文：《湘西》，《沈从文全集》第11卷，北岳文艺出版社2002年版，第328页。

战的变化所受的种种影响。他们生计过去和当前在如何情形下支持，未来可能有些什么不同。他们如何得到武器，由良民而成为土匪，又由土匪经如何改造，就可望成为当前最需要的保卫国家土地一分子。[1]

但他随即表示"本文不拟作这种讨论"，转而将话题集中于对苗民的误解的澄清。在沈从文看来，对苗民的误解实际和对湘西的误解一体，"我们应当知道，湘西在过去某一时，是一例被人当作蛮族看待的。虽愿意成为附庸，终不免视同化外"[2]。族群问题被地方问题悄然替代和覆盖了。由是，我们不难理解沈从文接下来将包括苗民问题在内的湘西困境都归结于外来湘西治理者不了解湘西，无论是他指责过去"统治一省的负责者，在习惯上的错误，照例认为必抑此扬彼，方能控制这个民苗混处的区域"，还是批评"一群毫无知识诈伪贪污的小官小吏来到湘西"，使得"地

---

[1] 沈从文：《湘西》，《沈从文全集》第11卷，北岳文艺出版社2002年版，第408页。
[2] 同上，第408-409页。

方几乎整个糜烂"[①],其实都出于一个前提,即他将湘西1930年代中期的动荡局面理解为"数年前领导者陈渠珍被何键压迫离职,外来贪污与本地土劣即打成一片,地方受剥削宰割,毫无办法"[②]。对比革屯运动的史实,这样的解释或可说明革屯运动的最后阶段,但运动第一、第二阶段中所暴露出来的陈渠珍统治下湘西社会累积的种种矛盾和弊病,无法在这一框架中得到呈现和分析。在《苗民问题》中,沈从文提出,对苗民应实行"一律平等"的根本原则,认为只要"当权者稍有知识和良心,不至于过分勒索苛刻这类山中平民,他们大多数在现在中国人中,实在还是一种最勤苦,俭朴,能生产,而又奉公守法,极其可爱的善良公民"[③]。但革屯运动的现实所显露的,恰恰是这种不平等、勒索苛刻的状况,实际上早在陈渠珍下台前就已深深根植于湘西社会内部;当沈从文将宗教性的精神特质和"形成未来"的可能赋予军人群

---

① 沈从文:《湘西》,《沈从文全集》第11卷,北岳文艺出版社2002年版,第409页。
② 同上,第394页。
③ 同上,第409–410页。

体之后，苗民在他意中，似乎也只能依赖于"当权者"的良心和知识，来被动地获取一个"善良公民"的身份。

也是在这一视角的主导下，以革屯运动为背景的《长河》最终将外来保安队与本地"家边人"之间的冲突设置为小说叙事的中心。尽管《长河》并未按计划完成且多被删削，但对比相关考证和革屯史事，仍可窥见沈从文的大致意图。在《长河》中，小说人物反复提及一件"兵队都陆续向上面调"的传闻，为小说中湘西绚极而熟的秋日景象投下阴影，预示着风雨欲来。随着叙事推进，在《大帮船拢码头时》一节，作者借老水手与船上客人的对话，将隐于幕后却影响湘西地方的诸多背景作了简要交代。当船主问及"这里那人"既已下野，"怎么省里还调兵上来？又要大杀苗人了吗？苗人不造反，也杀够了！"[①]客人对此的一大段答话被国民党中央宣传部删去，这一段内容无疑对理解《长河》的故事整体十分重要。对照《长河》最初发表在《星岛日报·星座》副刊上的版本可

---

① 沈从文：《长河》，《沈从文全集》第10卷，北岳文艺出版社2002年版，第101–102页。

知,被删去的部分是保安队看上苗乡一做过团长的龙姓人的家产,以"通匪"罪名敲诈:

> 有个姓龙的在×县苗里,做过团长,淘汰了,住在家里享福,他们看中了,要三百支枪,缴不出吗?缴三万块钱,是一样的。不认账吗?你通匪,私藏枪支,捉来关上,加一倍,要六百支,六万块钱。这个人吓慌了,只好一跑。这一跑不打紧,他们说,人跑了,不是造反是什么。——调兵来镇压罢。①

以上内容经由糜华菱对《长河》的版本考证,已为学界知晓②,但不曾为现有研究言及的是,此处苗乡龙姓豪强明显是影射龙云飞。据《湖南大公报》1938年3月19日《龙云飞访问记》,龙云飞表示他起事的原因是:"去年一四月间十五师来逼着交

---

① 沈从文:《长河(四一)》,《星岛日报·星座》,1938年10月8日第十版。
② 糜华菱:《沈从文〈长河〉的多舛命运》,《新文学史料》2005年第1期。

枪……将枪送了去，他们说要交六百支，决不止这一点，为了怕麻烦，我曾到长沙暂避。十五师调防后，由保安团接防，在阴历七月三十日，就有保安团一团人围住房子……既然已经将我们当土匪，为了公愤，为了自卫，为了先发制人，我们就攻乾城、永绥、凤凰，麻阳也跟着响应。"[①]

老水手问话中的"大杀苗人"无疑指向了革屯起事；沈从文通过小说人物之口，将起事原因叙述为龙云飞与保安队之间的摩擦，则反映出沈从文对革屯运动的基本理解：从湘西地方与湖南省乃至中央势力争斗的一面来理解苗人的不满，而回避屯田制度内在的问题以及由此造成的苗人生活困境。在这个意义上，《长河》这部被黄永玉誉为"该是《战争与和平》那么厚""最像湘西人的书"的作品[②]，实际已经将围绕屯田制度的诸多湘西社会内部矛盾排除出了小说叙事。《长河》中，沈从文尝试通过勾勒湘西人的生活

[①] 转引自《湘西苗族革屯史录》，刘善述编撰，《民族研究参考资料》贵州民族研究所编1985年版，第二十六集，第56-57页。
[②] 黄永玉：《这些忧郁的碎屑》，《沈从文与我》，湖南美术出版社2015年版，第47页。

轨迹如何依赖水与地展开，而呈现出某种全景式的湘西人生百态图。但在这幅图景中，并不存在内在于湘西社会的紧张，塑造人不同境遇的主导力量乃是不可抗拒的命运，湘西人平凡而庄严的生活节奏只有在外来力量的侵扰下才被打破。根据刘洪涛的观察，与《边城》类似，《长河》也将苗人服饰习俗不动声色地融入湘西地方风情之中，族群特征成为地方特征的内在部分。[①]《长河》最后一节的《社戏》尤其细致地描写了吕家坪众人请来的浦市戏班子在伏波宫进行的酬神还愿傩堂戏，这正与沈从文在《凤子》和《湘西》中对苗人和湘西宗教性的书写构成互文关系。但悖论是，如果说一方面沈从文通过对精神性的提炼将苗人和湘西融为一体，另一方面，沈从文难以放弃的牧歌谐趣又无可避免地对苗人真实的生活困境构成了遮蔽和偏离。当沈从文计划着在《长河》中写到湘西健儿们走上抗日前线、国民党嫡系部队"征服"湘西时[②]，他的小说叙事中实际也已经包含了一个压抑

---

① 参见刘洪涛《沈从文小说新论》，北京师范大学出版社2005年版，第111页。
② 参见《沈从文年谱》，吴世勇编，天津人民出版社2006年版，第213页。

和驱除湘西内部不驯服声音的层次：苗民问题在被转化为湘西问题的同时，也意味着它本身不再构成"问题"。

余 论

沈从文20世纪30年代中后期的民族叙述具有高度的复杂性。一方面，相较于以现代民族学为基础的民族话语，沈从文的族群认知中包含着更多的弹性、包容族群间的模糊边界和互相转换的可能，在这个意义上，它可以避免在长期共同生活的不同族群间划出泾渭分明的族群边界所可能导致的冲突和矛盾。但另一方面，在革屯运动的背景下，沈从文对民族话语的抗拒也意味着他拒绝了真正面对苗民的困境和诉求。沈从文的个案毋宁说显示出，无论作出哪一种选择，似乎都存在着两难。

当然，我们本无须以政治家和思想家的标准要求沈从文，试图从他那里找出一整套处理族群、地方等问题的无懈可击的方案。以沈从文1930年代中后期湘西写作中的苗人因素为线索，解剖其对民族、地方、国家等问题的介入和思考，毋宁说提供了一个极为丰富的案例，显示出这一时期多种不同但又互相关联的问题是如何复杂地交错在一起的。族群和民族的问题不仅仅是认定某个群体的边界的问题，它既关涉到对中国长期的多元与多重统治体制的历史遗产的处理，而且也同时将经济的、乡村的、地方的议题卷入其中。或者说，对于20世纪中国而言，一切新旧范畴都在这个全新的世纪重新熔铸和生成，文学也深深介入其中。在这个意义上，沈从文湘西写作的魅力不仅在于他笔下诗情画意的牧歌情调，而且在于文本与历史之间复杂的互相塑造过程；它绝非对湘西的被动摹写，其本身就是构筑湘西与现代中国的重要力量。

（本文原刊于《文学评论》2021年第2期）

附　录

第十一届唐弢青年文学研究奖评委会名单

（按姓氏笔画排序）

提名委员（23人）

王双龙	王兆胜	王春林	王彬彬	白　烨
朱国华	刘　浏	刘跃进	李蔚超	杨　青
来颖燕	吴　亮	张燕玲	陈子善	陈汉萍
明　江	金　宁	姜异新	贾梦玮	郭　娟
崔庆蕾	韩春燕	鲁太光		

终审委员（13人）

丁 帆　　王 尧　　李 洱　　李敬泽　　吴义勤
吴 俊　　汪 晖　　张清华　　陈思和　　陈晓明
阎晶明　　程光炜　　戴锦华

评奖办公室秘书长

李蔚超

中国现代文学馆

2022年12月

图书在版编目（CIP）数据

突进的艺术与当代性的生成：文学馆•学术青年：2021 / 中国现代文学馆编. -- 上海：上海文艺出版社，2024

ISBN 978-7-5321-8892-5

Ⅰ. ①突… Ⅱ. ①中… Ⅲ. ①中国文学－现代文学－文学研究－文集②中国文学－当代文学－文学研究－文集 Ⅳ. ①I206.6-53

中国国家版本馆CIP数据核字(2024)第009233号

发 行 人：毕　胜
责任编辑：江　晔
特约编辑：王瑞祥
装帧设计：刘　哲

书　　名：突进的艺术与当代性的生成：文学馆•学术青年：2021
编　　者：中国现代文学馆
出　　版：上海世纪出版集团　　上海文艺出版社
地　　址：上海市闵行区号景路159弄A座2楼 201101
发　　行：上海文艺出版社发行中心
　　　　　上海市闵行区号景路159弄A座2楼206室　201101　www.ewen.co
印　　刷：苏州市越洋印刷有限公司
开　　本：787×1092　1/32
印　　张：8.125
插　　页：6
字　　数：120,000
印　　次：2024年9月第1版　2024年9月第1次印刷
I S B N：978-7-5321-8892-5/I.7006
定　　价：58.00元
告 读 者：如发现本书有质量问题请与印刷厂质量科联系　T: 0512-68180628